U0444041

金枝

BORN IN THE PURPLE

邵丽 著

人民文学出版社

图书在版编目（CIP）数据

金枝 / 邵丽著 .—北京：人民文学出版社, 2021
ISBN 978-7-02-016718-0

Ⅰ.①金… Ⅱ.①邵… Ⅲ.①长篇小说—中国—当代 Ⅳ.① I247.5

中国版本图书馆 CIP 数据核字 (2020) 第 222248 号

BORN
IN THE
PURPLE

金　枝

策划编辑	脚　印	印　刷	三河市中晟雅豪印务有限公司
责任编辑	王　蔚	经　销	全国新华书店等
装帧设计	陶　雷		
责任印制	徐　冉	字　数	150 千字
		开　本	850 毫米 ×1168 毫米 1/32
出版发行	人民文学出版社	印　张	8.625　插页 3
社　址	北京市朝内大街 166 号	印　数	1—20000
邮政编码	100705	版　次	2021 年 1 月北京第 1 版
网　址	http://www.rw-cn.com	印　次	2021 年 1 月第 1 次印刷
		书　号	978-7-02-016718-0
		定　价	46.00 元

如有印装质量问题，请与本社图书销售中心调换。
电话 :010-65233595

邢麗

脚印工作室

上

1

整个葬礼,她自始至终如影随形地跟着我,吃饭坐主桌,夜晚守灵也是。我守,她就在不远处的地铺上斜欠着身子,用半个屁股着地,木愣愣地盯着我。我去宾馆休息,她立刻紧紧跟上,亦步亦趋。她根本不看我的脸色,也不听从管事人的安排,仿佛她不是来参加葬礼,而是要实现一种特殊的权力。这让我心中十分恼怒,不过也只是侧目而视,仅此而已。

人来人往,没有人会多看她一眼,甚至没有人关心她是谁。一个笨拙的乡村妇女,臃肿、肥胖,衣着邋里邋遢。也没人想到她跟这场葬礼的关系。

哪怕是在葬礼上,火热的七月天,我也丝毫不懈怠自己。我精细打理装容，沉稳、得体，腰板挺得笔直，哀伤有度。我是父亲的长女，是个在艺术界有影响的知名人士。这是父亲的葬礼，我的存在，拓宽了父亲死亡的高度和宽度。怎么说呢，总体看来，父亲其生也荣，其死也哀。这样的结局，对于我们周家这个大家族来说，也是一种莫大的安慰。我的两个体面的哥哥，高大俊朗，玉树临风。侄子侄女们个个皆是漂亮出众。我们以成规模的体面，接待四面八方前来吊唁的亲戚和宾朋。父母亲的朋友和同事，我们兄妹的朋友和同事，父亲家族里那些我认识和不认识的尊贵或者贫贱的亲戚……他们鱼贯而入，又鱼贯而出。一切都有条不紊，迎送、安抚、感谢，一遍遍地重复，潮水般起起落落。

那个要与我站成一排的女人只是个乡下穷亲戚而已，没人介绍她。有一些来吊唁的客人偶尔看她一眼，会向我们投来疑惑的目光。她彷徨着一张脸，面目模糊，目光呆滞，还有一条腿微瘸。总之，与我们这个令人尊敬的家庭格格不入。

她就这样坚持着，站不住了就蹲一会，不停地喝着果汁、酸奶、矿泉水。有时手里不知什么时候会多出一些吃食，比如一根黄瓜什么的，咔嚓咔嚓的咀嚼声几乎把我的神经割断。还有更出格的，她若是看见休息室里刚刚送来了新鲜的水果、点心什么的，就会暂时放弃对我的追随，快速挪动脚步走过去，两只手抓得满满的，或者干脆把衣服的前襟翻上来，一股脑儿地将食物兜进衣襟里。一截臃肿虚白的肚皮和裤腰上冒出来的一段花裤衩一览无余。她可不在意这些，快速挪动因为疼痛而不敢用力的右腿，准确地找到她要找的几个孩子。她一生共养了四个子女，老大是女儿，老二是儿子。葬礼上，她带来的是两个小女儿，算起来，比她们的哥哥姐姐可小了不少呢。两个大的我也见过，这几个孩子模样倒也清秀整齐，比她们的妈妈周拴妮不知道好到哪里去。她朝她们走过去。两个女孩混在亲戚家的孩子们中间，看见母亲一瘸一拐地过来，早已羞红了脸。尤其是大一点的那个女儿，她根本不接妈妈递过来的东西，或者接过去便狠狠地丢在席子上。可以看出她的羞愤，在内心里，她应该为这样的母亲愧窘难当。

眼前发生的这些事儿，丝毫不能惊动父亲。我的父亲大隐隐于市，他躺在水晶棺里处乱不惊，神态安详。皮肤一如既往的细腻白净，面颊上尚留有红润，是化妆师的慈悲。他高大的身躯将水晶棺占得满满的，像他年轻的时候将家庭撑得满满的一样。可以伸手触摸到他的脚，白底子的黑色布鞋是我母亲一针一线亲手做的。还有崭新的送老衣服，妥妥帖帖的七件套：白色的棉布衬衣衬裤，老蓝色的棉袄棉裤，外面另罩了藏蓝色的罩衣罩裤。上衣是中式对襟，扣子也是我母亲用罩衣布编成的布绳盘出来的，一粒粒缝在对襟处，像是七个梅花骨朵。父亲清瘦，棉衣服外面再穿一件灰色的呢子大衣，丝毫不显臃肿。

父亲穿得得体而暖和，还有什么不放心的呢！

只有没有外人的时候，我才单独去看父亲，唯其那个时候，他才是我真正意义上的父亲，我也才是他真正意义上的女儿。不管是默默流泪，还是突然而至地痛哭，我们俩都还原成了自己——也许永远也达不到那样吧，但至少他不再惧怕我了。抑或，只不过是我自己的认知，他从来就没有怕过我，就像现在，他用沉默对抗我。我跪在水晶棺旁，像一个乡下女人一样号啕起来。我对父亲说，对不起！对不起！那一刻，我发自内心地哀伤，为了他，也为了我。真的对不起！

他充耳不闻，镇定如常。

父亲离休已经十几年了，他和我母亲跟着妹妹一家人在深圳生活。我始终清楚父亲偏心眼儿，一直到死都是这样。他一会儿看不见我妹妹就会一声一声地喊她的名字，喊得我心慌。我偶尔去深圳看他们，即使坐在他跟前他也视而不见，仿佛他只有一个女儿。

离休之后,他好像失去了依仗,越来越怕我。我总是呵斥他的种种不良习惯,不容分说,就像小时候我怕他一样。那时候他端坐在那儿,像一尊神佛,不说话就能令我心惊胆寒。什么时候我们俩倒了个个儿呢?我父亲的人生,生生活成了两截,前半截风云激荡威严有加,后半截波澜不兴俯首帖耳。他甘愿被时代和外力绑缚,这样的生活于他是一种别样的轻松,他不用太费脑子,只需顺流而下。现在他老了,活成了孩子们的玩具。我女儿和几个子侄都喜欢逗弄他,他反而甘之如饴。我最后悔的事情是曾经把女儿交给他们带,女儿上幼儿园跟着他们生活了两年。一日三餐,父亲都像老奴才一般地伺候着,或下着大雨撑伞去端一锅生汆丸子,或为买几个刚上市的沙果跑几条街。有时候那个被他们宠得上天入地的小毛丫头会因为时间稍微慢一点而拍桌子号啕,有时候我父亲汗津津地跑回来,她早已对那个东西失去了兴趣。他不但不生气,还现出一副巴结的神态。那时我非常惊讶,这是我的父亲吗?

是的,这的确是我的父亲。

我女儿就是这样生生被他和我母亲惯坏了。她不吃青菜,我母亲就把青菜包在饺子里。我父亲在一旁央求她,吃一个，再吃一个吧，吃一个奖励五块钱！我女儿那时才上幼儿园大班，每顿饭都能挣到一张大钞。这样一个慈祥得像一尊泥佛的老父亲，我和他之间却没有半点亲昵。我任由他一天天老去，像一盘丢弃的石磨。他行动迟滞，拖泥带水。我看着妹妹给他剪头发剪指甲，给他洗脚。我从来没有做过，也从未尝试去做。但我知道，如果我这样做他也一定会拒绝。他是真的怕我，或许怕这个字不够准确。他怯我，那是一种无从表达的，既司空见惯又小心翼翼的缄默。他不和我说话，却招呼我妹妹，压低声音吩咐，你姐爱吃鱼，你买菜时买条新鲜海鱼，清蒸。他悄悄地对她说，唯恐我会听见。这样的小伎俩我早已经习惯了，睥睨地任由他表现聪明。我大口吃掉半条味道很不错的新鲜斑鱼，貌似一点儿也没想到这条鱼是由他安排给我蒸的。他吃饭慢，我用筷子点着碟子里的菜，让我妹妹往他碟子里分一点。妹妹仔细地剔去鱼骨头，我又指挥，淡了一点，浇点汤汁在上面。我一句句说着，自己却不肯动手。

父亲死得一点都不突然，他决绝地要求从深圳回河南，我的劝阻完全不起作用——在此之前，我已经以健康为由数次劝阻不让他回来。但他这次没有屈服于我的强势，一脸笃定地要我妹妹订机票。我妹妹小心地问他跟我商量好了没有,他说,跟她商量什么?你要不买,我走着也得回去!

他回来了,自然是带着我母亲和我妹妹。他离开她们俩犹如鱼儿离开了水,会窒息。他们回来了,但我也没有彻底妥协。我说,既然回了郑州,就在这里好好住一段,不能回颍口了!父亲没看我,静静地看着远处,并不畏惧,一副听天由命的样子。自从他离休之后,在我面前,或者在所有人面前,这样的姿态还是第一次。

颍口是他工作和生活了一辈子的地方,一直到离休。

我让他们住在我另一处老房子里,他同意了。虽然他一直生活在深圳,但我知道他骨子里喜欢河南。这里四季分明,热天也是干爽的,不像深圳那么潮腻腻的。他惬意地半躺在沙发上,竟是一脸童真般的满足。咱们家的天真是好受,他无限感慨地对我母亲一遍遍地絮叨。我对此一脸不屑,觉得他这样夸张只是为了强调他回来的决定是多么英明。他心情大好,孩子们都去看他,他越发表现他的慈祥。给他们包包子吧,要大肉白菜的。他大声说。牛肉馅的,不知道自己血脂和胆固醇都高吗?我也大声说。就吃大肉的,掺白菜粉条,去买两斤五花肉。他断然地吩咐我妹妹。他的这种笃定竟然真的镇住了我。

他本是个吝啬的人。他和母亲离休后的工资,一定要自己存着,存折也是他亲自放着,过几天就要掏出来看一看。他说,你妈不会算账,一辈子也没攒下什么钱,存折不能让她管了。我妈苦笑着,她的确一辈子不会管钱。我讨厌算账,算来算去还能多算出一些吗?与其说她不会算,不如说每个月的收支让她心乱不已。母亲生性不会抱怨,她几十年如一日,每天照管一大家子人的吃穿用度。如果再让她算计资金往来,还不得把人愁死?怎么算能多出一些来呢?索性花一张算一张,剩下的钱用橡皮筋一扎,花到哪天算哪天吧。其实,没离休的时候,父亲是完全没有钱的概念的。可晚年他却把钱管得死死的,不到万不得已,一分钱都舍不得取。他们长期在深圳小女儿家生活,一住就是十几年。我半开玩笑地提醒他,钱存着干什么,总得自觉点,给人家点生活费。他充耳不闻,要么面无表情,要么王顾左右而言他。

回到郑州那一个月他一反常态,不停地要我妹妹替他取钱。然后他对着一个小本子念念有词地精心计算,一笔一笔煞有介事地写下来,后来我们才清楚他是在合计每一个孩子应该分多少。形式要衬托得了内容,所以一定要现金,还要红色的大信封。从银行取出来的钱,他蘸着唾沫一张张地数了一遍又一遍。每个孩子都分到了钱,从万精确到元。他把他们叫到跟前，亲手分给他们每人一个大大的红包。这是你们自己的钱了，日子长着呢，一定要省着花。他自己激动得声音颤抖，仿佛这巨额的财产足以支撑孩子们此后的生活。

钱很快分完了，我父亲长出了一口气，似乎完成了最后一件人生大事。他和我母亲离休后，他开始攒钱。工资从最初的几十块、几百块涨到了几千块，这让他异常满足，存折上的数字每个月都在上升。其实，十年下来也没几个钱，只是他从不消费，不知道手里的钱到底意味着什么，拿如今的几千块和过去的几十块钱比较，睡梦里都有一种诸事圆满的成就感。要说这本是他和我妈两个人的养老金，把这钱分下去，至少应该和我妈商量商量。但他没有，直接替她做了主。我妈似乎也不在乎，分就由他分了去，他说啥就是啥，不同他抬杠。我妈总是安详地说，我怕啥呢，我有四个儿女，四个儿女就是我的四个银行。

给我女儿和侄子、外甥们分了钱几天之后，他再次坚定地提出要回颍口。凌晨五点，他便唤醒我母亲。他说，起来，我要回咱家去。我母亲睡得正好，有些气恼地爬起来，看看天还未大亮，本想呵斥他再睡会儿，突然觉得有些异样。她看见父亲衣服穿得好好的，坐在床尾的椅子上，目光炯炯有神地看着她。平时父亲穿老头衫，裤子也不甚讲究。今天他穿着中式对襟的亚麻短袖上衣，他总是系不好那些盘扣，要喊我妈和妹妹帮忙。可是今天，扣子一个个扣得规规矩矩，裤子鞋袜也都穿戴得齐齐整整。母亲打了一个激灵，有了某种不祥的预感，赶紧给我大哥打电话，她要他赶紧带车来接我爸回家——他们离开颍口二十多年了，那里仍然是家。我大哥也从我母亲的口气里听出了异常，鬼使神差地，他要了一辆救护车过来。后来他说他有种直觉，母亲这么早打电话，又是那种语气，肯定有问题。

大约早上五点半钟，大哥在路上打通了我的电话。我带着女儿在鸡公山度假，那时还在睡梦里。听了关于父亲的消息，我有些烦躁地说，他是不是又在撒娇？你们不要助长他，等两天我们就回去了。我听到电话那端我哥哥叹了一口气，然后就沉默了。大哥不像我们别的兄妹，都随了父亲家族基因里的神经大条，他敏感而又谨慎。大哥没说父亲要回颍口的事儿，他做不了我的主，但他大约预感到了一个无法控制的局面。

挂了电话，到底是睡不着了。父亲回来这些日子就像个任性孩子一样，总是要找个事由让我们去看他，每次我妹妹替他打电话催促，都像有要紧事。我们去了，他又没什么事儿，只是磨磨蹭蹭不想放大家走。他目光游移，手足无措，好像做错了决定的孩子，一副欲言又止的样子。但无论如何，不至于早上五点钟发神经啊！我喊女儿起床，她比我脾气还大，嘟囔着不肯起来。这才几点，你带我出来是过假期还是拉练？我给妹妹打了个电话，我妹妹一秒钟就接了。她的情绪是紧张的，但她说爸刚才喝了半碗奶，吃了一个鸡蛋。并且说，大哥已经安排好车子来接我们了。我说，去哪？她说，爸要回颍口。我一下就上火了，问，谁答应他回颍口？不是不让他们回去吗？妹妹迟疑了一下说，他想回去就让他回去吧！我气得一阵烦心，忍了一下，长长地吐了一口气。人老了，比不懂事的小孩都难缠。

我安慰自己，父亲还是像往常那样，只是任性一回而已。于是，挂了电话，就倒头又睡了。

但是躺在床上，心里头沉坠坠的，一种没有来由的恐惧攫住了我。我万分烦恼地坐起来，打开窗户呵斥了一通窗外的鸟。它们一个个比赛花腔似的没完没了地聒噪。山上的空气极好，也很湿润，七月的早晨还有点儿微凉。凉而腻甜的气息让我接连咳嗽起来，女儿把头埋进被子，好像我也成了一只讨人厌的鸟。我起床收拾东西，并强行把女儿从被子里薅起来。我说，我们得走，你姥爷不太好。一个多小时后,我们已经坐在回去的车子上。

在高速公路上飞驰,突然而至的手机铃声惊得我魂飞魄散。其实我知道,那电话正是我所恐惧和等待的:妹妹在电话里泣不成声,她说,姐,爸没了!

父亲的死成为我一辈子无法抵达的去处,但我也未必想抵达。即使我赶回去,甚至根本没离开,那又如何呢?真的见着了,只要他一息尚存,我们父女之间的关系永远就是那样,不会有什么煽情的告别。我不会抚摸他,或者拉住他的手。他亦是会躲避我,根本不会给我这样做的机会。我们很早很早的时候就习惯了漠视对方。

能校正这一切的,只有死。

我看到他的时候,他还躺在医院的病床上,已经穿上了母亲一年前便亲手缝制好的寿衣。我哥哥说,爸刚上车的时候精神很好,路上一直都在说话。后来他说有点累,就躺着不动了。同大哥一起跟着车过去的宋大夫将他头部的枕头尽量放平,要求他闭上眼睛休息。宋大夫是父亲多年的朋友,父亲在颍口的时候,每年都是他带他体检,几乎算是父亲的私人医生。真的,即使后来父亲住在深圳,大小有点不舒服,他都要给宋大夫打电话,宋大夫不发话,他就拒绝看别处的医生。那天我父亲闭眼休息时,宋大夫例行公事般地替他把了把脉,说,输一点营养液吧。他是退休后又返聘回医院的专家,比父亲小不了多少,已经满头白发。他让护士给我父亲扎上了点滴。父亲对他完全信任,任由他安排,不像对其他医生,恨不得打问十万个为什么。但宋大夫也是感觉异样,父亲这回见着老朋友,神情明显不像过去那么激动和热络,甚至可以说有点淡漠,寒暄了几句就不再说话了。快到颍口时,宋大夫碰了一下我大哥的胳膊,说,先别回家了,去医院检查一下吧!

救护车直接去了医院。父亲躺到病床上的时候,还很清醒。他等待着他的子子孙孙到来,最后一次查点了他们。除了我们一家三口,别的全在。他努力睁着眼睛,坚持着,他变回了他自己,像一个忍不住打瞌睡的老人那样。我设想,他那会的心事一定拥挤而又有秩序,或许想拣重要的说点什么,但没说出来,只如释重负地吐出一句,到家了,我睡了。我妹妹说,爸爸爸,您别睡,我姐他们就快到了。父亲的眼珠晃动了一下,张了张嘴,最终还是什么都没说。然后,他的眼睛像一扇门那样缓慢而沉重地合上了——虽然说悄无声息,但妹妹给我转述的时候,我觉得父亲上下眼皮碰在一起沉沉关上时,一定会是电闪雷鸣,噼啪作响。

一直守在父亲病床边的宋大夫摸了摸父亲的后背，说，走了。抓紧时间擦洗换衣服吧！

然后，他站直身子，立在父亲身旁，好像被自己刚才的言语吓着了似的。他望了望我母亲，像个手足无措的孩子一样不安地搓着两只手。虽然死亡这种事情他经常遇到，但毕竟他和我父亲有着几十年手足般的交情，他也不能接受他就这么走了。

好在母亲并没有惊慌失措，她无声地哭泣着，匆忙地安排两个儿媳妇赶去家里取来他的送老衣服。她说，要快，不然身子变凉就不好穿了！衣服就在卧室立柜左边最上边那一层，蓝花布包裹着的。一年多前她亲手放进去的，她记得清清楚楚。

原本，虽然我们从来没有商量过，但是父亲随时都会离开我们这个念头，深埋在我们每个人的心里。

交代完父亲的后事，母亲像忽然想到什么似的在屋子里寻找着。大哥说，你找什么呢妈？

她说，语同他们呢？他们去哪了？母亲问的是我。

大哥已经泣不成声，他觉得母亲是被这突然而至的打击弄糊涂了。但他什么都没说，把母亲搀到一旁坐下。母亲的脸晃白得像一块肥皂。

一个多小时的工夫，父亲就穿戴好了出发的行装，像个新崭崭的新郎官，面带笑容，从容不迫。不过他这一趟将是一次漫长的旅途，漫长得永远也走不回来了。我的小姑哭泣着在他手里塞了一块馒头，另一只手里则放了一根刚刚收拾好的小榆树的嫩枝条。树枝被哪个孩子仔细地剥去了外皮，新鲜白皙，散发着沁人心脾的清香。姑姑哭着说，大哥，路上要是遇见狗就用棍子打它，要是打不过，就把馒头扔给它，记住啊！

我就是在那一刻走进房间的。我以为我会紧张，可是没有，甚至可以说有一点不用面对告别的轻松。我看了看我的家人，他们也正看着我，我一瞬间为自己的不紧张而紧张起来。我轻轻地走到父亲身边，迟疑了一下，好像要验证他是真正死去了还是一次恶作剧。我小心翼翼地握住他的手。父亲的手干爽而绵软，皮肤白皙，指甲干净整齐。我握紧又松开，确认他不在了，是真不在了，尽管父亲的手还有点余温。

父亲的嘴一直张着，怎么都合不上。我表姐一直帮他按摩也无济于事。我姑姑小声地对我说，他是在等你呢，你去跟他说说话吧！我被她推着俯下身子，脸几乎贴到他的脸上。从我五岁时我们之间疏离开始，这是我几十年来第一次这么靠近他。我将手掌轻轻地抚在他的嘴上,说,爸,你一辈子都偏心,就这么一会儿都不肯等等我?他的腔子里似有一丝响动,一口气若隐若现地哈在我的手心里,嘴慢慢合拢在一起了。他是真的在等我!我登时大恸,抱着他的头大哭起来。母亲命令妹妹把我从他身上拉起来,说,别让她把你爸的衣服弄脏了。我母亲几十年都是如此,仔细地关注着我父亲的干净整齐,连死都不放过。姑姑也拉了我说,眼泪不能滴在老去的人脸上,他来世会多有伤心事的。

那时是上午十一点的光景,阳光灿烂,树叶子绿得耀眼。一只喜鹊飞向另一只喜鹊,它们没有因为我父亲的死而停止欢娱。蝉鸣叫得凄厉,它似乎是懂得的,叫声更似哭声。我在病房里一棵栀子花边上枯萎下来。

我的父亲没了。即使我再大声呵斥他不能喝酒,不能抽烟,不能不吃青菜,不能光着膀子睡觉……他固执地闭着眼睛,嘴角微微上扬,好像在嘲弄我,好像说,去你的,我再也不会听你的了!我看见他的嘴唇翕动,是的,他完全不听我的了。我再看我的母亲,她却一眼都不朝我这边看。她是个大度的人,不会因为我的迟归而生我的气。满屋子人影憧憧,她只看得见我的父亲,看了一辈子都没看够。我发现我母亲的头发还是油黑的,茂密得不像一个七十多岁的老人。哀伤让她的脸显得楚楚动人。我母亲是一个好看的女人，一辈子都是。

2

穗子是用八抬大轿抬进周家的，送亲的队伍排得老长老长，在飞扬的尘土里好像一眼望不到边似的。凹凸不平的乡间土路上，铺着一层细面似的沙土，人欢马叫，尘烟四起。镇上响器班的唢呐李拿了两边的赏钱，脸憋得通红，吹得甚是卖力，一个高潮接一个高潮。《百鸟朝凤》里真有一百只鸟叫？看热闹的孩子们吵嚷着。大公鸡打鸣的时候，小孩歪着头去看着唢呐，眼睛都不敢眨一眨。声音太过真实了，他们担心老李那只铜管子里会不会伸出一只翅膀。嫁妆总得有十几担吧，前边是用红绸子捆扎结实的柜子桌椅、被子衣物，后边是几大食盒馃子点心。管事的婆子一路走一路给孩子们撒些吃的。马蹄酥馃子个个炸得比马蹄子都大，两个孩子才给分一个。

穗子的娘家也是颇有实力的大户，打发闺女丝毫不肯将就。当地娶媳妇高兴抢点，一个村里若是有两家同时迎亲，谁家上路得早就占了好儿。有些心急的，夜里过了子时就吹吹打打出发了，村子里已经过了几拨队伍。穗子她妈差人看了又看，一次次都不是奔她家来的。一直等到日上三竿，周家的花轿才终于来了。让穗子的爹妈更不高兴的是，新女婿未来迎亲，骑在马上的是新郎家捡的一个孩子，说是叫庆凡。穗子娘暗想，这庆凡倒是生得人高马大，好个周正模样。庆凡下了马，来到堂屋便对着二位老人噗的跪下，磕了三个响头，嘴里忙不迭地连声道歉，满面堆了笑说，大伯大妈，我奶奶让我代他赔礼了，我启明兄弟兴许是慌着娶媳妇肠胃积着火了，上吐下泻，昨夜闹了一宿没止住，根本起不了床。

二老听了，只能是大眼瞪小眼，心里虽然气得不行，但是嘴上却说不出来。天到这般时候了，婚嫁的日子是两家出的大价钱请大师看的好儿，七月二十七，婚嫁大吉。日子提前半年就定好了，何况两边都准备得旗鼓停当，总不能因为生气改日子吧？穗子爹倒沉得住气，让庆凡赶紧起来。穗子娘慌忙问道，替接媳妇倒是有先例，也不犯什么忌讳，姑爷总是能下地拜堂吧？庆凡稳稳地说道，这个请二老放心,我奶奶说了,就是两个人架着,堂也是一定要拜的。穗子娘斜睨了一眼庆凡,见他礼数周全,落落大方,倒像个正经少爷。心想,那生病的女婿若是这般懂得礼法也就好了。转而一想,人家捡的孩子都这般懂规矩,何况那头等着的还是一个少爷呢!

下午,送亲的人回来回话说,那个叫庆凡的没有说诳话,新女婿果然自己起来拜了堂。不过下面的话他们没敢说,新郎拜堂也是潦草行事,看着还是个十几岁乳臭未干的娃娃,面红耳赤地被主婚人指使着匆匆行了礼,就拱别的屋里了,喜宴上也没出来敬酒。

娘家爹妈也算是松了一口气,无论如何闺女是顺顺当当出门子了。他们又哪里知道,行礼后的事情送亲的人是看不见的。新郎被人强迫着牵了红绸,看也不看新娘一眼,只把她送到新房门口,丢下就走。他在耳房里扯去了长袍马褂,一头钻进庆凡的房间里再也不肯露面了。

庆凡一夜没睡好,正要躺到床上歇会,看见新郎进来便打趣说,你来我这干吗?还不快去和你媳妇说说悄悄话儿,好好亲热亲热?新郎跺跺脚,半认真半生气地说,哥啊,谁让你去接的?你接的你要!庆凡嘿嘿地笑着说,奶奶说,我只是去把人接回来,别的没我事儿。新郎也噘嘴瞪眼道,奶奶也说了，我只陪那女的磕几个头，别的也没我事儿。顿了一顿又说，我晚会儿就和奶奶说去，把那媳妇给你！庆凡起来挠他的痒痒，两个人叽叽嘎嘎地滚在床上。那时候，新郎真的觉得这就是一场玩笑。

新媳妇是由两个本院的嫂子扶进洞房去的，虽然她脚小，步子却迈得稳稳当当。这新娘出奇地倔强，从娘家到婆家十几里的路，愣是一滴眼泪不肯落。临上轿的时候，娘家嫂子递给她一块手帕子，悄悄说，要哭的，出门子闺女上轿时要狠狠地哭，哭透了，往后才能把日子过亮堂！

周家这边是祖母当家。新媳妇还没坐稳，洞房还没闹开，老太太就进新屋里来了，说是要跟新娘子说会子话。她相面一样上上下下看了半天，然后又拉了拉新媳妇的手相看。新媳妇手上皮肤细腻白皙，却是大而结实，一看就是做活的好把式。问了针线，回答嫁妆衣裳还有鞋子都是自己做的。奶奶借口看鞋子，就去看那脚。裹得是真好，到底是富贵人家的小姐。普通人家的闺女，哪有工夫裹得尖笋一样的一双好脚？用手比了比，禁不住笑道，还不足三寸！身量不高，腰细屁股大。祖母非常满意，这孙媳妇是她托媒人挑的，看这身段，指定好生养小子。

新郎周启明没想到奶奶是个说话不算话的，哪里是磕几个头就了的事儿？他被关在新房里锁了半个月，酒肉饭菜都是用托盘从窗口送进去的。任他砸门叫喊，外面一个应声的都没有。他在门缝里提着庆凡的名字大声喊叫，哥快来救我！哥你过来放我出去！周庆凡，你再不吱声等我出去拧下你的头当尿罐！他的喊叫声越来越凄惨，到了后半夜越发似鬼哭狼嚎。天亮的时候他坐着睡着了，一觉睡到晌午都过了。老妇人着人去门口吆喝了他几声，半点动静都没有。屋子里终于消停了,他嗓子也哑了。不是喊不动了，是他明白再喊也没用。

周启明在黑檀木椅子上靠了三天，骨头都靠断了。后来又累又饿实在坚持不住，就狼吞虎咽地吃了些一日三餐照点送进来的东西，鸡骨头啃了一地。吃饱了又实在觉得心里沮丧，索性拿起酒壶猛灌自己。到底是个没经见过世面的毛孩子，哪里知晓酒的厉害，喝着喝着就找不着北了。他也不知道自己昏睡了多久，一觉醒来，发现自己枕在新娘子的臂弯里，两个人浑身上下都赤条条的。他想挣脱，却被女人的软玉温香弄得浑身乏力，手脚像被捆住了一般。穗子娇小，一对乳房偏生得奇大，比刚出笼的新鲜馒头还暄腾。周启明被馒头包围着，挤压着，他觉得浑身燥热。就像游泳的人一头扎进水草里一样，他越是挣扎，那水草缠得越是紧。最终，是他自己放弃了，任自己的身体顺流而下。一次又一次，他重复着这种蒸腾，力气大得如一头牛犊。他几乎分不清到底那是梦，还是醒。直到穗子在他身下嘤嘤地哭出声来，他才如梦初醒，惊出一身冷汗。

穗子那年二十一。媒人说，她大周启明三岁。三岁是个吉祥数，女大三抱金砖。其实她比周启明大整整六岁。

周启明是夜晚翻墙离去的，他没有回县城继续读书。一场突如其来的婚事，把人都丢死了。他怕同学听说了笑话他，更怕奶奶再去学校弄他回去。他趁黑摸进厨房，往书包里装了几个馒头和一块熟猪肉。他事先打听好的，出门朝南走，直接奔竹沟而去。周启明去竹沟寻找他爷爷去了，爷爷在那里闹革命，寄回来的信封上有地址。他不懂得革命，也不知道竹沟是"小延安"，是中国革命的摇篮。他更不知道这次南下寻亲，会改变他和穗子一生的命运。

路途的遥远超乎他的想象，腿脚都快走断了。过去他在城里读书，三十多里的路程都是庆凡驾着马车接送的。他在学校一关就是个把月，见了接他的庆凡，兴奋得像狗打摽一样。两个人总是说说笑笑，一路上偷瓜掠枣，摸鱼洗澡，只嫌路程太短。周启明真后悔没拉了庆凡一起走，要是哥俩一起该多好！他为此后悔了一辈子。馒头和肉很快吃完了，幸亏他口袋里装有几块钱，一路上马不停蹄。鞋底磨穿了，睡车马店里还弄了他一身虱子。他并不知道能不能找到爷爷，若找不到他该怎么办？忽然有那么一刻，饥寒交迫的他失去了最后的勇气，偷偷躲在店家人牲混居的房间里呜呜痛哭。他想奶奶，想奶奶擀的香喷喷热乎乎的茄子面片。面盛到碗里，再搁点香油，撒一撮香葱和荆芥叶，他能吃三碗。那天夜里，庆凡追上了他，给他带的馒头夹肉还是热的，他想着吃饱了就跟他回去……梦是黑白的，但他醒的时候唇齿还有着猪肉的香味。赶路的人都已经收拾好上路了。他癔症了一会儿，待梦中的香味逐渐淡去才突然清醒过来。我不能回去！我不能回家去了！

那个时候，他离爷爷还剩半晌的路程。

爷爷周同尧很容易就找到了，他可是队伍里响当当的团长，参加过长征。老家人都说他在外头当了大官，又娶了新婆娘。周启明找到了爷爷，却没见着爷爷新娶的女人。后来听别人说打仗的时候牺牲了。他只字未提及奶奶给他娶媳妇的事儿，万一爷爷问起来，他相信撒一个谎就过去了。他觉得不回去，家里人找不见他，便没他什么事了。可是爷爷根本没打算问他这些，看着胎毛还没退净的孙子，高而瘦，面皮白净，连右耳朵上的拴马桩都跟他一模一样，一眼看去就是他们老周家的种。很多事情不需要打问了，只淡淡地问了一句，家里都还好吧？就再也不提及别的家事，更别说问起奶奶。这让刚离开家就万分想念奶奶的周启明热络络的心里多少有点失落。但很快他就明白了，爷爷现在是公家的人。爷爷就住在团部里，人来人往，说些他听不懂的话语。爷爷一会儿喜一会儿忧，一会儿严厉一会儿开怀大笑。祖孙俩之所以没有时间唠多少家常，是因为爷爷的每一件公务都比他周启明和他们周家的事情重要。爷爷说，他是公家的人，活着就得一直闹革命。

爷爷着人给孙子弄了半盆肥肉片炖白菜粉条，放了红噜噜的一层辣椒。祖母每年都让人辟出两亩地种辣椒，那时他搞不懂家里人为什么都称辣椒为秦椒。秦椒长红了，一筐筐摘回家来，雇几个年轻婆娘连明扯夜用细麻绳将它们串起来，一挂一挂地吊在钉子上，每一面屋墙上都挂得满满的，好看得没办法。可不只是好看，祖母会做一罐子一罐子的油泼辣子。先把秦椒炒焦碾碎，放在一只只陶罐子里，加一点碎盐，然后用熬制好的热猪油泼到辣椒面上，那种油椒香气要好些日子才会从屋子里散去。热馒头掰开，挑一疙瘩猪油辣椒夹进去，香得跳脚。周启明在学校网罗了一大帮狐朋狗友，一半都是馋他的辣椒罐子。村子里别的人家鲜有种辣椒的，也不大习惯吃，他们顶多嘴口实在寡淡时才到周家寻一点。老家有句土话，辣椒解咱穷人的馋。说起来周家是高门大户，为什么喜欢种辣椒呢？周启明听他姑姑说的，因为在西安念书的爷爷爱吃辣椒，一家人都跟着吃辣椒。辣椒种子也是爷爷从陕西带回来的，所以叫秦椒。爷爷出门多年不归，祖母依然是一年不落地种，她是等着他随时回来，他回来不能缺了辣。周启明想着秦椒的事，有点可怜奶奶。爷爷到底是没问他一句。

伙夫将菜盆子搁在桌子上，另有一个黑乎乎的白布袋子里装着几个大馒头。爷爷看着他，自己坐一边抽着烟。周启明给爷爷让了一下，爷爷点点头让他先吃。周启明虽然这些天来饿坏了，但肚子里并不缺油水，只拣了一点瘦肉和白菜叶子吃，馒头也是勉强吃了两个。爷爷揿灭了烟，把剩下的几个馒头一起掰碎扔进菜盆子里，端起来风扫残云，汤汤水水都吃了个干净。他用手背抹了抹嘴说，奶奶的，快一个月没吃到荤腥了！老家人都说爷爷在外面当了大官，吃香的喝辣的，眼前的情形让周启明心中涌起说不出的怜惜。他出生就未曾见过爷爷，说不上有什么感情，但看见他的第一眼就觉得心里亲近。打小就听村里老人说他长得像爷爷，到底是根上亲。他想，爷爷要是在家，保准奶奶天天安排人杀猪给他吃。

你是跟着我闹革命呢，还是给你点盘缠回家？爷爷又点上烟，以公事公办的口气问道。

周启明一时有点糊涂。他不知道什么是革命，也不知道是好事还是坏事。如果是好事，干吗要闹呢？但看着爷爷严肃的样子，他也不敢打问。家自然是不能回的，就这样吧！先跟着爷爷闹一阵子革命，摆脱了家里的那件事情再说。

我留下闹革命！周启明半是清醒半是糊涂地点着头，他那时还完全体会不到一个月吃不到肉的滋味。

周启明虽然只有十五岁，却生得高大俊朗。他有文化，正念着师范。爷爷试着让他写了两次简报，对孙子的能力甚是满意。那时候部队正缺文化人，他丝毫没考虑到避嫌，直接留他在团部当文书兼文化教员。可没过几天师长发觉了此事，他带人闯到团部大声嚷嚷，老周这里可不是你周家庄，你亲孙子来也是要报告的，你老小子是带头违反组织纪律。说着扯了周启明的衣袖相牲口一样上下相看了，说，瘦是瘦了点，一顿加个馒头准能壮实起来。接着他问了周启明的功课，小子倒也不怯，对答如流。他递给他一截子粉笔，再让他在他们研究作战规划的小黑板上写几个字。这周家可是门里出身,人人生下来都能写一手大气周正的好字儿。师长严厉批评了爷爷,说当下正是用人之际,你这算是截留人才。师长发完脾气,饭也不在这里吃,直接将周启明带去了师部。走在路上他哈哈大笑,对周启明说,我不用这个办法,还真不好把你这个小秀才从他手里抢过来!周启明悬着的一颗心终于落了下来。

这个面阔口方,剑眉星眼的山东大汉实在是个有趣的人,一路上给周启明说了许多他爷爷的笑话。你这个爷爷可是个大情种,当年为了追求我们的战友梅翠屏,一天写一首诗,跑几公里去看人家一眼。唉,他也够苦的,和梅翠屏同志结婚七八年,聚少离多,好不容易调到一处,翠屏同志却在战斗中牺牲了,他这些年都还没放下这段痛心事。师长说的这些话,让周启明半个多月来的疑虑慢慢消解了。原来,干革命的人也是人,也有个人感情呢!可他又想起自己在家苦等的奶奶,我奶奶在爷爷心中算什么呢?奶奶不识字,爷爷和她结婚时没有给她写过一封信,写了她确实也看不懂啊。可无论怎么样,奶奶的心也一样会疼痛的,爷爷他想过吗?对于这一点,周启明还是有点怨着爷爷的。

就这样,周启明跟了爷爷没几天,就到师部跟着师长当了秘书。一直到解放,他始终跟在师长身边,跟师长比跟爷爷还亲。解放后，师长到地方当了地委书记，他仍然跟在他身边，这已经是后话了。

周启明的老家解放得比较早，是1948年的年中。那年的年底，快过阴历年的前夕，已经跟着师长转战过鄂豫皖地区的周启明给家里写了一封信，要求跟穗子打离婚。他先是恳求奶奶要有新思想，理解干革命的人。他读了这么多年书，又闹了几年革命，不可能再回老家跟一个不识字的小脚妇女一起生活，这种包办婚姻必须彻底解除。然后又威胁说，要是奶奶不答应我离婚，我就永远不会回去见你们了！

他哪里知道，自己控诉旧式婚姻的这种说辞，正一脚踹在奶奶的心口上。奶奶不也是一个不识字的小脚妇女？莫非爷爷抛弃她几十年也是对的了？奶奶一夜间好像瘦了许多。也不完全是因为马上要过年的原因，她藏好那封信，让唯一知道的庆凡不能走漏半点风声。穗子的女儿拴妮子两岁多，已经会满院子跑着玩儿了。周启明并不知道这个孩子的存在，不知道自然就可以视作不存在。

代周启明迎亲的庆凡是奶奶收养的孩子，说起他来是有故事的。当年庆凡的母亲带着儿子要饭，很晚才走进了上周村。有热心人给她指了条道儿，她就带着孩子走进了周家。

周家奶奶是个远近闻名的活菩萨,她看着这孤儿寡母在夜色里走进院子,便站起来迎着他们。庆凡母亲虽然寒衣素服,但干干净净的,说是带着儿子出来要饭,神情里头却有一份尊贵。儿子大眼愣眉虎头虎脑,也是忠厚之相。来不及多问,奶奶连忙安排人给他娘俩做饭。热腾腾的馒头香喷喷的菜,汤汤水水像待客一样周到。

母亲带着儿子住在周家的偏房里,一连几天,天还未亮就爬起来自己找活儿干。洒扫庭除,烧锅倒灶,洗衣拆被兀自忙个不停。第四天头上,趁天还灰着,母亲自个儿出去了,让庆凡给奶奶带话说,先把庆凡托付给她,她出去寻个亲戚,也可能时间会长一点,别着急等她回来。

去就去吧。奶奶并没太多心,她觉得那女人是个实诚人。谁知两天后在几里外的颍河岸边发现一具女尸,有人过来报信说,像是来这里讨饭的女人。祖母心中一惊,料想这女人是寻了短见,便带着庆凡赶去认尸。庆凡的母亲已经泡得不成样子了,衣服和大模样却是认得的。庆凡没有走到母亲跟前,便扑通跪倒在地号啕大哭。周老夫人也不管他,待他哭够了,便揽过他往回走,不让他再看母亲不堪的尸体。老夫人安排人把尸体拉回村里,把自己过年的新袍子从箱底翻出来给她换上。外面已经着人寻了一副现成的棺材,就在自家的地边上挖个坑给埋了。

那时庆凡尚未满八岁,他被这突然而至的打击弄得傻了一般。初省人事的他,自己还不会拿主意,也没有更多的路子供他选择。他像丢了魂儿一样紧跟着奶奶,寸步不离。奶奶心疼这个没了娘的娃儿,处理完后事,便把他喊到跟前说,孩子,你要是有处投奔,我给你拿点盘缠,安排人将你送过去;你要是没处去,就在我家待着吧。有我们一口吃的,就不会让你饿着!

庆凡想也不想,噗通就跪下,磕了三个响头,脑袋都磕出血来了。奶奶平静地看着,也不去拉。

孩子,奶奶严肃地盯着他,男人膝头有黄金,可不是随便跪的!你真想好了?

想好了!庆凡低着头,闷声闷气地说。

站起来,去洗洗吧!

上周村的老周家留不住男人。周同尧和周启明从部队转到地方时,周启善恰好高中毕业,死活闹着要跟着爷爷在城里工作。那周启善实在是可爱,一双大眼睛乌溜溜的,勤快,且嘴巴贼甜。爷爷刚开始还嫌弃这个小孙子秀气得像个假妮子,他却一句一个爷爷,亲热得毫无陌生感。早晨爷爷刚起床,漱口水洗脸水就端跟前了。晚上就更不用说,打了热水让爷爷烫脚,他在跟前又是捏腿又是摁背的,愣是把爷爷这个几十年远离亲人的硬汉,弄得心窝子软乎乎的。爷爷身边就留下了这个小孙子。

男人一个接一个地出走,祖母眼前只剩下庆凡一个。他成了周家留守的男人,而且是几十年里唯一的男人。村里有人说,庆凡是周家捡来的,只不过是个长工。他做了地里的活儿就做家里的,从来不闲着。但周老太可不这么看,她疼这个没娘的娃,有啥好吃好穿的都给他头一份,哪一个亲孙子都赶不上这祖孙俩的感情。

庆凡知道好歹,家里的力气活他都是主动争着做。祖母安排让他和两个孙子一起上学,可他偏不喜好读书,地里的庄稼活儿一教就会,往课桌上一坐就打瞌睡。好歹跟着念了一年,也粗识了几个字,死活不肯到学堂去了。奶奶打也打了,骂也骂了,他就是拧巴着不肯再迈进学校的门。他跟奶奶说,过去我娘也送我去过学堂,怎么都学不会。我就不是读书的那块料儿。我现在只有奶奶一个亲人了,您就把我当成您的一条狗吧,只要每天让我跟着您,干啥都行,就是别让我念书了!奶奶看着他每天上学时的那张脸愁得能滴出水来,只好作罢,说,不念就不念了,免得像那些龟孙们一样学出魔障。打土坷垃不也照样活人？

庆凡知道奶奶话里有话，自打他进周家，就没见过老东家。岂止是老东家呢，老东家的儿子少东家他也没见过。时间长了，家里的什么事儿他差不多都知道了。老东家在外面做官，娶新女人，他样样清楚。老夫人性格刚强，哭泣的时候从来不让人看见，唯独对庆凡不瞒着。偶尔有信回来，她便让庆凡替她念。庆凡站在她面前，像捧着一道圣旨，连读带猜磕磕巴巴总算也能弄明白。信本来就短，没几行，多是不痛不痒的陈词滥调，只是外面活着的人向家里活着的人报个平安而已。有几次写信还是为着要些钱去，在外面也总是会遇到难处。祖母哭了骂了，改天仍让家里人多卖几口袋麦子，着人把钱给他送去。

冬天夜长，有时候晚上吃了饭没事，奶奶就让庆凡陪她说话。她会絮絮叨叨地说古论今，然后就讲到那个外面的人。当初嫁进来的情形，周家男人的狠心肠，一家子的收成都供他们念书，念着念着就不回来了。丈夫走了，儿子也走了，现在孙子又跑得没个影，剩下一个女人操持一大家子，带儿带女的艰辛。说着说着便会伤心地哭，说，死光了倒也省心了！奶奶哭泣的样子很不好看，眼泪鼻涕弄得衣襟上水痕斑驳。她伏倒在床头，像一摊污泥。但是到了第二天，她仍然将自己收拾整齐，大清早起来给菩萨上香，大慈大悲的观世音菩萨，保佑我周家外面和家里的人都平平安安！

作为被奶奶带大的孩子，庆凡心里自然替奶奶抱不平，他恨这家里的老爷，恨老爷的儿子。周启明逃离家的时候，只有他一个人知道。周启明劝说哥哥和他一起走，他拒绝了。他从给奶奶磕头那一天就认定，他这一生都不会背叛她老人家。他远远地看着他消失在夜色里，他比谁都明白，也深知这家人的秉性，走了，就再不会回来了。

他想起穗子，心里的恨就格外增加了一层。既然不想要人家，何必看着他热热闹闹地代他接回来呢？他觉得这不是一个男人的做法。要跑，也得趁人家过门前跑。把人家明媒正娶地弄进家，还在一个屋子住了半个月，这让人家怎么活？依着他自己，哪怕是娶个妖精，也得自己承受着，跑，就是不厚道，就是欺骗。再者说，这事儿也把他庆凡搅裹进去，他也成为这场欺骗行为的同案犯了。这让他心里别扭得像吃了蛆一样。

既然穗子是他庆凡骑在马上接来周家的，他就对穗子有了责任，对她格外好。私下里，他们之间几乎很少开口说话，可他心疼她，关心她的一切。所有该男人担当的力气活，他样样都做得周全。穗子不用开口,她洗衣服他就给她挑水，她拣粮食他就给她备磨,她回娘家他就给她牵驴。

拴妮慢慢长大了,穗子告诉她,你爹叫周启明,他在外面干大事。拴妮子懂事了,她不知道爹在哪儿,不知道爹什么模样,更不知道爹有什么用。她觉得有没有爹无所谓,有庆凡大大就好。她和庆凡在一起很开心,捉蚂蚱,扎风筝,骑在他脖子上赶集。她对庆凡说,大大,咱们俩才是一家的。

庆凡很想把周启明写信的事儿告诉穗子,可他怕奶奶发脾气。奶奶一天不让说,庆凡心里就一天纠成一团,神魂不安。

转眼间,全国各地都解放了。周启明跟着师长转业到离家不远的邻县工作。但他没有回家,只是再次给家里递了信来,要和穗子打离婚。要不答应他,一辈子他都不再回来。祖母自然知道周家男人的性情,实在是拖不下去了。晚上吃过饭,待长工们散去,她把庆凡和穗子喊到自个儿屋里来。昏黄的煤油灯映照着一屋子的森然,火苗子忽闪忽闪跳着,看不清楚人脸,山墙上的影子却似一个个庞大的怪物。

祖母拿起灯罩子剪了一下灯花,从枕头底下拿出事先准备好的一个旧信封,放在桌子上摊开来,用手一点一点地抚平。

庆凡,你从进咱家,就是咱家的一口人,对不?她头也不抬地说。

庆凡憨厚地笑笑,看着她,一个劲地搓着手,一时没转过弯来。

不是吗?她的声音严厉起来。

是,是啊!庆凡赶紧哈腰点头。

穗子啊!祖母拉过她的手,用两只手轻轻地揉搓着,你是我一手选来的孙媳妇,也跟我最亲。今后你不管到哪里,都是我的孙媳妇,也是我的亲孙女儿!

穗子看了庆凡一眼,发现庆凡也迷惑地看着她和祖母。

我已经是土埋到脖子的人,活不了几天了。奶奶放开穗子的手,从椅子上站起来走到床边,盘腿坐在床沿上。咱家田地本来就多,你婆婆从娘家过来,又陪送了一百亩好地。你婆婆一辈子不省事,她带的这地怕回头没人照管。将来你们好生替她养老,这地的事儿由我说了算。我不偏不倚,你们俩人一人一半。庆凡,明天你赶车,拉着我和穗子去办地契!

想来这是奶奶思虑很久的事,她像背书一样一口气说出来,没有一星半点的迟疑。

庆凡和穗子都不说话。

祖母就把那个信封交给庆凡,让他把里面信纸上的字念念。

庆凡接过信封，拿出那封信装着看了看，说，奶奶，不用念了。

然后他把信递给穗子。穗子接过信，好像一时之间没有弄明白是怎么回事儿。她不识字，眼睛直愣愣地盯着祖母。

启明要跟你打离婚！庆凡涨红着脖颈，瓮声瓮气地说。

祖母在炕上，伸手把穗子拉到怀里，拍着她说，你要哭就哭出来吧！不哭出来，会把人憋坏的。

奶奶！穗子没哭，但奶奶明显感觉出来她浑身在发抖。奶奶，他跟我离婚就离吧，我没啥可说的。您也要用五十亩地把我打发了？

好孩子，我要为你做主！奶奶说。说完这话，她却拍着小脚，失声恸哭。她一辈子连自己的主都做不了，还能做了谁的主呢？

那天晚上穗子回到自己屋子里，蒙着被子杀猪般地号啕了一夜。庆凡一直陪着奶奶，听着穗子在隔壁折腾得死去活来。没人过去劝她，奶奶不让人过去。让她哭吧，哭够了就活过来了。没经历过疼痛的人是不可以说疼的，祖母和这个孙媳心连着心啊！

在祖母的坚持下，第二天他们还是去乡里办了地契。回来之后，祖母一下子就老了下去，简直像秋天的草，经过一夜霜冻就打蔫了。她坐在门槛上就着太阳缝衣裳，举着针线就睡着了。她常常拿着一只鞋找另外一只，四处转圈儿。她不再像过去一样每天梳头洗面换上干净衣裳，她的头发又白又乱，像一堆枯草。

这让庆凡看着心惊。一向威风八面的祖母，成了活尸游魂。她总是絮絮叨叨地对庆凡说，我死了要埋在周家的坟院里，按着辈分，埋在你太爷爷太奶奶下首。周同尧死了，要拉回来和我合葬！

土改开始了。土改工作队的人大部分是周同尧周启明祖孙俩一起革过命的下属和战友。土改结束，周家将外面出嫁了的人口都算上，只划了个富农，而穗子和庆凡倒成了地主。穗子娘家也因为富庶，一样划成了地主。她娘家哥半夜过来偷偷找到她，问能不能找找周启明，把娘家的成分降降。穗子说，找他？有那口气不如挖坑把自己埋了！娘家哥又去求祖母。祖母说，咱们去哪里找他们？如今穗子都这样，他们哪一个会管咱的事儿？祖母的眼睛红得怕人，滚滚流淌的泪水好像也被洇染成红色。她绝望得犹如一头垂死挣扎的母兽。

待穗子的哥哥走后,奶奶才喊来穗子。

反正我是不离开这里!穗子没头没脑地发狠道。

奶奶哀哀地说,好孩子,你可别学我,空守了一辈子。你把拴妮子留下,趁年轻再走一家吧!

穗子说,死我也不会走!我是周家八抬大轿抬来的,生是这家的人,死是这家的鬼!我死了也要跟奶奶一样,埋在周家的坟院里,埋在你们的脚头。周启明死了,也得拉回来跟我合葬!

婚终是离了,离婚文书也发下来了。穗子把文书撕得粉碎,说,婚可以离,但是家不能离!

在上周村,穗子还是周启明的媳妇。

孙子离了婚,像要了祖母的命。她守了一辈子活寡,又亲手把穗子娶回来陪她守活寡,自己心里无论如何都过不去这个坎儿。如果再算上儿媳妇,这一家三代媳妇都守活寡,这是造了什么孽才该遭到的报应?那儿媳妇倒是个省心的,日日将自己关在佛堂里悄无声息,凡事都像是与她无干。

从此祖母晨昏颠倒,茶饭不思,很快就油尽灯枯。

在一个深夜里,庆凡乍然听到奶奶喊他。等他披上衣服赶到奶奶的房里,穗子已经跪在床前。奶奶那时气若游丝,几乎是用尽平生的力气将两个人的手拉在一起。奶奶望着他们，却一句遗言都没留下。俩人一直跪着。天亮了，奶奶的身体渐渐冷去，她大睁着眼睛，死有不甘地咽了气。

穗子虽然还有一个影子一样的婆婆，但她是个不管事的，后边还要专门说到她。婆婆不管事，穗子就成了周家的门户。

3

母亲二十二岁上遇见了我父亲，父亲那时是一个县的县委书记。有一天他陪着他的老首长在县里视察。老首长萧景华是个传奇人物，解放战争时期就是解放军的作战师长，能打仗，善谋略，深得上级首长的喜爱。到地方亦是能力超群，什么难搞的事情到他手上都削铁如泥，高歌猛进。

全国解放后，萧景华之所以没能当高官，据说是因为屡犯作风错误。他在解放战争打得如火如荼时，看上了文工团《花为媒》剧中扮演张五可的女演员刘小凤。每次打仗间隙都跑去看戏，痴迷得夜不能寐，也没与参加革命前娶的乡下媳妇解除婚姻关系，就对刘小凤展开疯狂追逐。上级领导找他谈话。他说，我是人，又不是机器。打仗是打仗，生活是生活。领导说，你在家有老婆，毕竟还没有离婚！他脖子一梗，说，那也算老婆？我们还没有结婚证明呢！领导权衡半天，最终还是怕影响他指挥战斗，先同意他登报和前妻解除婚姻关系，再反复出面做刘小凤的工作，让他抱得佳人归。

刘小凤原本是有对象的，是团里的小提琴手，是个城里生城里长的大上海人。萧景华武将出身，感情粗糙得跟砂砾一样。刘小凤尽管不是心甘情愿，但组织上安排了，她也只得服从。刚开始还有点骄傲，觉得找了个首长，还是个战斗英雄，挺有面子的。时间久了却发现萧景华不甚会宠女人，心里有点懊悔。她戏演得久了，分不清台上台下戏里戏外，天生一个娇滴滴，时刻需要被人捧着哄着。萧景华开始还觉得新鲜，心甘情愿地配合她。告别要拥抱，重逢要亲吻，行夫妻之事之前还要肉麻地甜言蜜语哄上一阵子。外面枪炮打得隆隆作响，她却腻着卿卿我我，恨不能唱上一大段，而且动不动就使性子，不知哪一句说不好就生气了，生气起来作势不让丈夫碰自己。老萧没有时间陪她玩，又哪里是个耐得住性子陪女人风花雪月的人？小性子耍一次，耍两次，要三次，要得没完没了。萧景华实在忍不住就爆了粗口，老子娶的是老婆，你嫁的是俺不是王俊卿！不能在台上演，回到家里还演！从此不肯再迁就她，小资产阶级就是要改造。再加上前方仗打起来，一个月还见不着一回，好不容易回来一趟，他心里想着战事，哪有时间顾得上缠绵？疾风暴雨把事儿办了，然后倒头就睡，或者提上裤子便走人，为此刘小凤不知道哭了多少回。回头想想还是小提琴手的爱情更细腻，更奈何两个人朝夕相处，于是旧情复萌，以至于趁着萧景华去前方打仗，他们在后方被人捉奸在床。

萧景华回来知道此事后，并不声张。赶着晚上演出结束，他绕到后台，拔枪打断了小提琴手的右手，又一枪把子砸人头上，吼道，滚！赶紧滚！饶你一条狗命。

事情闹得不可开交，但因为事出有因，也算是出于义愤开枪，情有可原。组织上对他进行了宽大处理，他只受了记大过处分。残了手的小提琴手彻底毁了饭碗，又日日胆战心惊，害怕萧景华再行报复，给上级打了报告要退伍回上海老家去。

小提琴手最后的怂样子倒是让刘小凤看不上了，一个大男人就该敢作敢当，纵使是斗不过，哪怕枪再抵住脑袋，腰板还得挺得直直的，不能让千恩万爱的誓言遇到点风波瞬间就折了。她觉得只要他肯挺起腰板宣誓爱情，纵使是残的伤的，她也一定会死心塌地地跟他去了。却哪知他夜晚偷偷摸摸离开了，别说跟她见个面，连封道别的信都没敢留下。刘小凤想来想去，觉得萧景华虽然粗糙点儿，但关键时候还是靠得住。于是迷途知返，回头恳求丈夫原谅她。萧景华眉毛一拧，对她爆了一句粗口，从此再也没碰过她一下。两个人压根就不是一路的人。其实，萧景华骂刘小凤分不清台上台下，自己不也是鬼迷了心窍？他爱上的分明是张五可，而不是她刘小凤。

转业到地方后，萧景华遇见了英姿飒爽的女法官薛剑秋。巧的是，薛剑秋也敬慕潇洒威武的萧景华，两个人一见如故，相见恨晚。萧景华提出离婚，刘小凤却死活不离，拿着告状信四处奔走，状告萧景华作风腐化，始乱终弃。当时正值萧景华提拔省委副书记的关键时刻，组织派人与他谈话，问他是要前途还是要爱情。他竟毫不迟疑地回答，老子不知道什么爱情不爱情，我就要薛剑秋！

我父亲陪萧书记视察工作，汇报工作的人民公社女社长正是我未来的母亲朱珠。我母亲谈吐大方，正是如花似玉的好年华，齐耳短发，明眸皓齿，得体的列宁装掩不住窈窕身段。萧景华一眼就看上了这个女社长，他直言不讳，指着旁边的周启明说,朱珠同志,你看你们周书记这人怎么样?不等我母亲回话又挥了一下手说,要是觉得可以,你们俩就一起过日子吧!

首长看上是次要的,其实我未来的母亲也早已看上了我未来的父亲。过去在开大会时远远地见过,讲话不用稿子,扩音器一开就放开了讲。他不像别的工农干部,靠大嗓门吼。周书记讲话大家爱听,有激情,也有章法,以理服人。这会儿在近前看了,和台上讲话的人比起来,又别有风度。虽然不够壮硕,样貌却是异常俊朗秀气,尤其是皮肤,比女人都细腻,脖子上的灰色毛线围脖让他看上去十分潇洒儒雅。我父亲后来也说,我母亲从头到脚没有让他不满意的地方,就连高鼻梁上几颗淡淡的雀斑都让他头晕目眩。他读过《红楼梦》,大美人鸳鸯的鼻梁上不也有几颗可爱的雀斑?

母亲隔着那么远的距离,竟然闻到我父亲身上有一股异香,不是花香也不是庄稼草木之香,是她从来没闻到过的味道。她只是很诧异,这么优秀又有地位的男人,为何竟然是未婚?

母亲第一次受邀去我父亲的单身宿舍,发现他的床头有一只光滑的象牙色的原木箱子,质地细腻,做工精良,几处黄铜锁片镶嵌得严丝合缝。那箱子是香的,味道和我父亲身上的味道一样。除了香气，我母亲也闻到了其他味道，那是一种让人血脉偾张的味道。母亲羞怯地低下头，她不敢看我父亲。我父亲表现得太过热切，掩藏不住兴奋。我母亲只好专注地抚摸那箱子，她怕被我父亲的目光烫着了。我父亲见我母亲羞怯，怕吓着她，只好顺着她说那箱子。这是我祖母留给我的樟木箱子，用了几代人了。我母亲爱不释手，我父亲说了一句很煽情的话，你喜欢，将来这些都是你的。我母亲是赤贫的农民家庭出身，家里盛衣服被褥都是用荆条筐，况且也没有更多的衣服可以置放。我母亲半是叹息却又半是自豪地说，我家解放前是很穷的，我几岁时还跟着爹妈去陕西逃过荒呢。我父亲带点含糊地说，我出身革命家庭。我母亲说，革命家庭是什么成分？我父亲说，我十几岁就跟着爷爷参加革命了。我们……他略微迟疑了一下说，我们家成分还算好，富农。但我母亲的娘家还有姑姑、姐姐们嫁的人家，都是地主出身，社会关系比较复杂。这是那个年代相对象必须要交代清楚的问题，许多人相中了人，一问成分却又反悔了。可我母亲被那只樟木箱子的气味蛊惑着，哪里还能听见别的？而且站在眼前的，不但是她要相的对象，还是她的顶头上司。她觉得跟着他，一定不会有什么问题。

一年后，他们结婚了。婚礼极其简单，母亲把仅有的几件衣服被褥搬到我父亲的宿舍，玻璃窗上贴了喜字，称了二斤糖果发给前来贺喜的人们，就算在一个窝里过日子了。组织上给买了个热水瓶外加一只搪瓷脸盆。萧景华工资高，他们夫妇送了一条毛毯和一对枕头，这在那个年月是天大的礼物。我母亲捧着那么贵重的东西不知所措，连声谢谢都忘了说。生命里还是第一次见到毛毯，她被华丽的色彩惊吓到了。

那时候也没人闹洞房，结婚当天两个人在机关食堂打的饭菜合到一起吃。吃到一半，我父亲的弟弟周启善提了一瓶古井贡酒过来，这是当年他们那里最好的酒。弟弟已经在县财政所上班，一个月十几块钱的工资，买一瓶酒三块多。母亲洗了两只搪瓷缸子和一只粗瓷碗，陪他们兄弟俩喝。她第一次喝酒，一口就闷倒了。

母亲当夜被我父亲破了红，我父亲很疯狂。我母亲怕疼，她担心丈夫把自己弄坏了。父亲坚持说就是这样，男人和女人就是这样的。他要了再要，饥饿难耐，弄得一个被窝都是痕迹，床单上的血迹洗了多少遍都洗不掉。我母亲怕羞，只好把新的太平洋床单收起来放箱子里，换上我姥姥织的土布床单。我父亲那么通晓男女之事，让我母亲好奇了许久。你怎么就知道那事是那样儿的？母亲问道。我父亲很狡黠，他只回答说，男人和女人之间有一种本能。而我母亲，对男欢女爱之事一窍不通，她也仅仅是出于娇羞和甜蜜。其实我父亲也不懂，他们哪里知道说什么甜言蜜语呢？生活的简陋和单一，连情话都变得匮乏。好在日子是过出来的，我父亲从不指望我母亲去读《红楼梦》。我母亲初中毕业，没读过任何浪漫的书籍，即使读过，也跟过日子无关。我母亲不是林黛玉，父亲也不可能是宝二爷。书本里的人物是仙女和神灵，他连做梦都不能将其和生活联系到一处。

他们只是相互喜欢了，在该相逢的时候相逢。

他在被窝里保证，我一辈子都会对你好。

她躺在他的怀里，觉得那就是地老天荒。她也极认真地说，我伺候你一辈子！

父亲的精力真是旺盛。他们结婚的第一个月我母亲就怀孕了，不到一年生下了我大哥。我大哥生下来两个月，母亲说她生了头生，月事还没来，就又怀上了老二。后来说起来，有老人说那叫暗孕。那时她什么都不懂，只知道奶水突然没了，又一轮的头晕恶心。以为是害了大病，去医院检查，医生说又怀上了。我母亲又气又急，背着人嗔怪我父亲，都是你，让人看笑话！我父亲也不辩解，只是嘿嘿地笑。

我母亲坐完月子就继续上班了，与我父亲结婚后，她调到县妇联做妇女工作。那个时期妇女干部少，妇联又是个重要部门，解除包办婚姻、邻里纠纷、夫妻闹离婚，甚至强奸案都找妇联断案。为了不影响妇女干部的工作，组织负责找奶娘，并负担奶娘费。他们给我大哥寻了一个奶娘，一个月补贴五块钱。

我刚刚一岁多的大哥就寄养在奶娘家，一直长到上小学。他吃人家的奶，长得也像人家的孩子，性情与这个家庭不相像。他七岁那年被接回到家中读书，邻居家的孩子们都指指点点，这个是要的小孩！他怯生生地看着他们，也不辩解，但心中的疑虑却与日俱增，一天到晚都想着回他的家，奶娘才是他的亲妈。这让我母亲为此自责了很多年，等我们有孩子的时候，她总是反复交代，无论多难，孩子一定要自己带着！

这是题外话。

二哥两岁那年过生日，母亲下班后给他买了些零食，急急忙忙往家赶，到家她还要给一家人做饭。东西还没放下，二哥就在她身下抱住腿哭闹。母亲赶紧把吃食塞给他，趁他吃东西的时候匆忙做饭。她恨不得多出一只手，帮她和面切菜。我父亲完全是一个局外人，一如既往地捧杯热水看他的《人民日报》《参考消息》。母亲这边还没消停,外面突然来了客人。一个四十出头的乡下汉子带着一个女孩子,嚷嚷着要找周启明。父亲看见他们过来,神色大变,站起来走到门口压低了声音问,你们怎么来了?母亲抬头看他们,那女孩看起来有十好几岁了,长得胖胖的,衣服穿得簇新而土气,显得越加臃肿。母亲还感叹着,乡下有乡下的好,不缺粮食,看人家这孩子养得白白胖胖的。那汉子指着我父亲对女孩说,拴妮子,快喊爸呀,你不是整天想找你爸吗?我父亲手中捧着的茶缸子当的一声掉落在地上,急赤白脸地说,我每个月都寄了钱,不是说好的不来找我吗?父亲往家寄钱的事儿我母亲也知道,他每个月都往老家寄二十块钱,说是给我奶奶的抚养费。

父亲一边说一边试图要把汉子和孩子往外边推。我母亲也不顾我二哥的哭闹,手脚麻利地制止了我父亲。她把那两个人让到房间里坐下,然后把给二哥买的吃食给小姑娘和二哥分了,说,吃饭的时候把客人往外赶,这多不合适!一边说,一边给客人弄了两碗面,每碗面里还卧了两个荷包蛋。她以做妇女工作的熟练能力,一碗面的工夫,把案情了解得基本清晰了。那个又黑又干的男人叫庆凡,他比父亲大不了几岁,却活活像个老头儿。父亲见我母亲这样冷静,心里也踏实了些。他竟然觍着脸说，珠珠，煮几个咸鸭蛋吧，再炒盘花生米……还有，再生拌个萝卜丝。家里也只有这些东西了。他很有气势地交代完，在屋子里转了两圈，从床底下摸出瓶白酒，说他这个哥哥第一次到家里来，一定要好好喝几杯。

看我父亲激动得手足无措，母亲赶紧按他安排的去办。我父亲只是喝酒，几乎没吃什么菜。他替庆凡剥鸭蛋，剥一个庆凡吃一个。吃到第七个庆凡不吃了，他说，启明，太咸了。两个人孩子一样搞怪地笑了起来。

父亲拿过庆凡的面条碗，把碗底的汤水倒在地上，然后倒了满满一碗酒，说，哥，都十几年了，咱兄弟痛饮一次！说罢，他先端起来喝了半碗，然后把碗递给庆凡。庆凡低头接过碗，一饮而尽。

父亲对庆凡的亲热，感动了母亲。她觉得弟弟周启善每次过来，我父亲也没这么激动。所以庆凡喊她弟媳的时候，她竟羞涩地笑了。庆凡黑着一双大手，从黑棉袄口袋里掏出一把炒花生，塞到我二哥的肚兜里，他还要伸手去抱他，被我二哥狠狠地推开了。我二哥大声地说，我不知道你是谁！我父亲呵斥他，他是你大伯。庆凡尴尬地笑了笑说，弟媳，你看孩子都这么大了，你也没回老家去过，我和婶子（我奶奶）都想得很哩！我母亲想说什么，话到嘴边又咽回去了。我父亲一直以老家偏僻，不通汽车为理由，每月只是往家寄钱，自己也从不回去。我母亲自然没去过婆家，两个孩子也没回去过。城里有爷爷，还有小叔子周启善，除此之外，她并未见过别的婆家人。但我父亲的理由让她深信不疑。父亲说，他的母亲吃斋念佛，基本不出佛堂，在老家由庆凡兄弟照料着。庆凡这个名字她是多次听他说过的，一个锅吃，一个屋睡，一起下河游泳，一起看瓜，也一起偷别人家树上的桃杏……大家伙闯了祸都赖在他头上，他厚道，从不辩解。有一次他们为了打赌，把邻居家拴在树林里的牛绳解开，牛跑了，村里人找了半夜才弄回来。周启明周启善两兄弟一口咬定是庆凡解开的，庆凡自己也供认不讳。祖母明知道不是他，却真的打了庆凡几扫帚疙瘩，并罚他一天不许吃饭。那哥俩偷偷把夹了腊肉的白面卷子给庆凡吃，祖母只当作看不见。兄弟二人却从此再不敢惹事，他们怕庆凡挨打。

　　家里的这些事我母亲耳朵都听出茧子了，对与众不同的婆婆也充满了想象。她从来没有想过，父亲并不遥远的家乡，为什么对她讳莫如深？也许这个问题已经远远超出她思想的边界，繁忙的工作和家务也常常阻断她的想象。她没有可能看太远，也没有太远大的目标。即使再给她十个脑袋，也想不出父亲老家住着个离婚的女人，而且离婚不离家！她哪里会知道，那老家的村庄不属于她，那个女人牢牢占据着周家的那栋老宅。这么庞大的问题，让我父亲都恐惧到不敢面对，更何况我单纯得透明体一样的母亲？这双重的难题压迫着我的父亲，让他苦不堪言。后来我想，父亲对亲情的逃避，一辈子小心翼翼地躲闪，应该与这段经历有很大的关系吧。

我母亲对庆凡照顾得极周到，当着他的面一句都没为难我父亲。后来母亲虽然几十年没回过父亲的老家，上周村的人都知道我父亲在外边找的女人是个文化人，长得好，又极善良贤惠，这大概和庆凡有关。我真心佩服母亲的沉着冷静，这天大地大的一个谎，躲闪不及地突然呈现在她面前，她内心该震惊到何种程度？

我父亲喝了许多酒，搞不清他是见到老家人兴奋还是拿酒压惊。送走了客人，我母亲把二哥哄睡，出来看到我父亲也趴在桌子上睡着了。她搬了把凳子，直瞪瞪地坐在对面看着他，一直等到他睡醒。

父亲一觉睡到后半夜才醒来。他看到依然端坐在面前的妻子，愣了一下，想笑但没笑出来。我母亲这时站起来，泣不成声地指着他的鼻子，你说……为什么骗我？这么大的事！

我没骗你，父亲嗫嚅道，你没算算我当时才多大点儿？是我奶奶逼婚，她替我找的……

我母亲气得像头暴怒的狮子，伸手脱下一只鞋朝他砸去，被父亲挡开后，又甩过去另一只。这么大一个闺女，也是你奶奶替你生的吗？

我父亲不敢再说话，只是低着头，一脸的愁苦。

老天爷！那会儿你才十五岁，咋那么不要脸！十五岁就能跟人生出孩子来。呜呜呜……周启明你个骗子，你不是人！顾不得还在熟睡的幼子，天天做妇女思想工作的我母亲，活活被逼成一个怨妇。

两天后，萧景华的妻子薛剑秋被父亲请了来。这女人是城里生城里长，跟着她的父亲在开封念过大学，见过大世面，又天生的洋气和尊贵。她头发浓密乌黑，皮肤白皙，一身平常的棉布衣裤被她穿得仪态万方。

母亲听见她进门，从床上坐起来，不自觉地拢了拢头发。她要去开炉子烧水。薛大姐冷冷地看着她忙活，也不搭话，兀自在凳子上坐了下来。

母亲用搪瓷缸子端了开水，放在薛剑秋的面前，看她脸色不对,便嗫嚅着说,大姐……

薛剑秋扭头在自己肩上捡起一根头发,用手弹掉,然后拍了拍自己的手,说,谁是你大姐?我还有脸当你大姐?

母亲站在她跟前,低下了头,一粒一粒地摸着自己睡袄衣襟上的盘扣。

我还以为你真尊重你大哥,拿我当大姐!薛剑秋故意气鼓鼓地说,原来我们在你眼里都是些不要脸的人哪!

母亲的脸一下惊得煞白,慌忙说道,大姐,我可从来没说过这样的话啊……

薛剑秋点着她的额头道,你没说过?你不是刚刚用这话骂过启明吗?

他是他,你们是你们!他怎么能跟你们相提并论?母亲坚定地回嘴道。

薛剑秋腾地站了起来,拍了一下桌子说,还嘴硬!怎么不能相提并论你说说?要说你也是个工作多年的妇女干部,连这点事儿都想不通?启明同志是旧社会包办婚姻的受害者,他隐瞒你当然不对,可当初他就是把实情告诉你,你会为此不嫁给他吗?你大哥离了两次婚,我不是依然非他不嫁?看你把自己弄得这样子,和一个乡下不识字的怨妇有啥区别?你要真有囊气要脸面,带着俩儿子,去跟周启明离婚!

去呀!这样闹不是不打算过了嘛!看我母亲低头不语,她更加严厉了。

说罢,薛剑秋一眼也不看我母亲,站起来头也不回地走了。

我母亲愣了好大一会儿,竟然没哭。她照照镜子,倒真的自觉没意思起来。她先洗了脸,后来索性连头发也一起洗了,又换上了干净的衣服。两天没吃饭,人瘦了一圈,眼睛却大了许多,看上去竟然比以往神气了不少。她并没有想过离婚,为什么不能活得像薛大姐那样理直气壮呢?

我母亲就是从那时起开始悄悄打扮自己,家里家外都精精神神,仿佛和谁较着一股子暗劲儿似的。

4

我一直在说周启明的祖父祖母,一直未说周启明的父亲母亲。其实,周启明的父亲真的没什么可说的,若不是留下几个儿女,他几乎像这个家族里虚构的人物。他缺失了太多年头,甚至他的相貌都渐渐被人忘记了。他一直在外面念书,结婚头几年还曾往家乡来来去去,后来又去读了黄埔军校。周启明说,他幼年时看过父亲的信,见过父亲穿军服的照片。父亲念的是黄埔军校第十七期,毕业之后去了重庆,就再也没有回来过。传说他在外边新娶了女人,那女人是一个大资本家的女儿。那一家没有儿子,他算是入赘,给人当了上门女婿。其时其地,入赘这种事情在家乡还是一桩很丢人的事情,他再也没有回来是否与此有关,也未可知。还有传言说,他在外面的婚礼很奢华,新郎新娘穿洋装婚纱的照片登过报纸。真实的情况也许只有祖母知道,也或许连祖母都不知道。解放前夕,他就与家人失去了联系。后来有人说是打仗打死了,也有人说他去了台湾。解放后,周启明试图通过正规渠道查寻父亲,被祖父严厉地制止了。祖父说,咱们周家的社会关系已经够复杂了,何苦再多一个污点!

周启明的父亲叫周秉正,他在家族中就只剩下一个名字了。

周启明的母亲周庞氏在周家是被尊敬的女人。她嫁到周家,带来一百亩地的陪嫁,生了两儿两女。周家上下大小都敬着她，有她在，大家说话都敛声屏气，好像口气大一点就会把她吹跑似的。她的存在的确像是一个影子，飘忽得让人发愁。

周庞氏有个好听的名字，她叫裳。她像长在周家院子里的一棵树，相时而动，无累后人。裳在周家生活了几十年，几乎不怎么与人交流。她不会聊天，更不曾与谁发生过一星半点的过节。她总是笑眯眯地打理自己的那点事，浆洗自己爱惜的白绸布衫子，种一种叫小桃红的花朵。花开了再开，她将那些花朵和种子收起来晒干，用白布袋装起来。床头、枕畔、窗棂、房梁上，到处都是这些精灵一样的布袋子，一个屋子里终年都是干花的香味。她一辈子喜欢白色，花红柳绿的颜色与她无涉。她喜欢在太阳底下梳理头发，用桃木梳子蘸刨花水，梳一把蘸一下。她的发丝永远都是亮闪闪的，发髻子盘得纹丝不乱。岁月在梳子的起落间缓慢地流淌，她将一头青丝梳成银白。

裳生下来就死了母亲，她和她的双胞胎姐姐耗尽了母亲的气血。裳的父亲随后又娶了一个，来年生了个儿子。但是裳的父亲和继母过不到一起，整日里斗气，伤了心，索性弃家当和尚去了。临走丢下口信，两个女儿，爷爷奶奶和姥爷姥娘各领养一个，他是害怕女儿在后娘那里受委屈。

裳的姥娘坐了马车亲自将裳抱了回去，她心疼她那死去的唯一的闺女，极尽奢华地宠养着闺女用生命换来的孩子。

她的双胞胎姐姐却没她幸运。爷爷奶奶在时，还有人疼爱。他们去世后，她还是落在后娘手里，整日受苦受累伺候一家人，也没落个好儿。裳说她姐姐嫁人后一口气生了六个儿子，先是伺候婆婆，后是伺候儿子孙子。她说起姐姐，总是一脸的惊悚。姐姐的苦，她能说得出来，却想象不出来，那是她从来没有经历过的。她说，我姐姐生生是干活累死的！但这只是在转述别人的话。其实在内心里，姐姐的苦难和她的福分并无多大区别，她无法理得清楚这些俗世的东西。

裳在姥娘家里被娇养着，除了裹脚时受了点苦，姥娘几乎是把她捧在手心里养大的。她不会做饭，不会做针线，吃饭都得有人捧到跟前。姥娘给她的嫁妆是一百亩好地，条件是夫家必须一辈子着人伺候好她，不能让她受苦受累。裳刚嫁过来时，婆婆并不喜欢，她觉得自己儿子娶了个不醒事的女人，囫囵话都难得说一句。这个不通晓人事的女人，即使不傻也缺点儿心眼。但婆婆与她相处时间长了，却又觉出她的好。这儿媳妇能生能养，举止得当，不生任何是非。别人家的婆媳都处得疙疙瘩瘩，三天两头起纠纷。周家婆媳和睦，婆婆指东打西，说啥是啥。媳妇温顺有加，一辈子和家人连句重话都没说过。再说了，家里人多，也不缺一个会做活计的。她愿意那样活着，婆婆索性也就由着她按自己的性子生活。

裳信佛，她一辈子只和佛说话，家长里短似乎都与她无关，对待长辈晚辈都是笑眯眯的。丈夫在时她与他温柔柔地相处，丈夫不在，她依旧是温柔柔地安详待着。裳夏天怕热，一整天都不出屋，穿着白布衫子，端端地坐在佛龛面前，好像活在另一个世界里。来来去去做活计的人看见她前晌什么样子，后晌仍是什么样子，不由得心生敬意，从她屋前过都轻手轻脚，觉得她倒更像尊佛。

婆婆待裳好，小姑子待裳更好，儿女也都孝顺她。她在周家就是个活佛，一家子人都小心地供着。周家虽不是钟鸣鼎食之家，但在当地也是响当当的大户。裳的姥娘的意愿在周家实现了，照顾裳成为一种制度，晚辈们依样沿袭既往。

周家祖母死了后，孙媳妇穗子成了当家的。祖母眼里的穗子是个有分寸的少奶奶，通情达理善解人意，家务活也是无可挑剔，所以祖母格外体恤她。祖母死时，她哭得死去活来。祖母在丈夫就在，她是祖母做主娶回来的，与其说她是嫁给了丈夫,还不如说她嫁给了祖母——只有祖母能确定她的身份。祖母便是她人生的戏台,戏台塌了,她再也演不成个角儿。她任着自己的性子过活,在愈积愈多的怨恨里,一日日地刁蛮起来。

解放了,地也分走了,庆凡仍然留在这个家里。自从给奶奶磕过三个响头,他就认定自己是这家的人。他跟穗子不一样,他小时候曾经跟奶奶说过,他是奶奶的一条狗。这可不是一句玩笑话,在内心里,他觉得自己就是这个家的一条狗。奶奶待他好,周家人待他好,兄弟姊妹之间都亲如手足,他回报周家的是忠诚,比狗还忠诚。对自己的出生地他几乎完全记不得了,其实他是宁可忘记。他怎么可能什么都记不得呢?离开家的时候他已经快八岁了,他依稀记得原本的家庭生活也是很好的,有田地有瓦屋,村子后面是条大河。后来父亲突然暴病而亡,他记忆里全是母亲哭泣的脸,吃饭的时候哭,睡觉的时候哭,有时候半夜醒来,看见母亲坐在床头哭。族人为了家产,合伙要赶母亲走,半夜里一伙人抬一顶破花轿堵在家门口。母亲是带着他从后院翻墙跑出来的,顺着村南边的河朝东走,一路要饭来到上周村。如果不是遇到周家祖母,他真不知道他和母亲会落到谁的手里,想想就后怕。因此,庆凡在周家长大成人,待他明白了事理，就越来越理解母亲的死。母亲用生命替他做了人生选择，母亲给他寻了一个好人家，他热爱这个家。周庆凡是奶奶给他的姓，也是奶奶给他取的名字，他跟在奶奶身后一天天长大，过着过着就糊涂了。过去的记忆一天天淡忘，他觉得他生来就是这个家的人。

有人给他说媳妇，他也不说不见，晃晃荡荡很多年过去了，却一个都没相看上。奶奶活着时为了给这个孙子张罗媳妇也是操碎了心，但庆凡总是不长不圆，不说行，也不说不行。奶奶安排他去见见，他就去见见，只是见了之后就没了下文。吵也吵过骂也骂过，平时千依百顺的庆凡，只这一件事没有依从老太太的旨意。奶奶晚年的那些时日，常常拉着他的手哭，说你要是肯听话，我重孙子都长老高了。你个鳖孙呀，你娘把你撇给我，你不娶上媳妇我死了怎么好去给你娘交代？庆凡跪在老太太面前，陪着她哭，仍是一句实落话都没有。拴妮子那会儿已经满院子疯跑了，她有时瞧见庆凡大大陪着老太太哭，就会对着他做鬼脸。庆凡望见拴妮子，抹抹眼泪又笑了。他捉住她，轻轻一举，就将这个女娃扛在肩上。拴妮子搂着他的脖颈说，大大我想吃鱼！他就说，走啊闺女，咱们捉鱼去。拴妮子想吃鱼，这可是个大事儿，他不必向老太太搜寻理由，扛着拴妮子到村后的河湾里捉鱼去了。老太太在后面长长叹口气，眼睁睁地由着他们去了。

家里的土地被分了后，长工短工都走了，里里外外都是庆凡一个人操持。后来那些日子，奶奶吃喝全由庆凡和穗子轮流伺候，一直伺候到老太太闭眼。上周村全姓周，周家是个大家族，再加上家里在外面做官的多，虽然成分划得高一些，也没受什么委屈。周家人的生活虽然不像过去那么富贵了，但到底还是一个体面人家。

祖母去世后，很多人都说，她收养这么一个孙子也算是善有善报。她死的时候，亲生的儿子孙子都不在身边，只有周庆凡和穗子守在跟前。所以周围十里八村没人不称赞庆凡的仁义。老人不在了，下周村有个独女的人家看上了他，托了媒人说合，想让他当上门女婿，把整个家业都交由他掌管。穗子听着觉得蛮合适的，就自作主张，张罗着给他置办衣服鞋袜。穗子把衣服做好拿给他，庆凡眼皮都不待动的。穗子将衣服放下，也不劝说。恁多年里，两个人也都是这样过来的，不交代家事不说话。几百十的人了，不会还装害臊吧？穗子哼了一声，好歹奶奶的心愿了结了。第二天穗子被猪的嘶吼声早早惊醒，她跑过去看，发现她做的那些衣服鞋子都扔在猪圈里，棉袄还用剪刀豁出几个大口子，棉花白花花地翻出来，晃得瘆人，任猪们撕咬。

黑心肠的憨子！且不说那布和棉花，我搭了多少个日日夜夜！穗子捡了已经不成样子的布片，气得几个月不搭理庆凡。奶奶在时，她觉得家里凡事少不了庆凡。奶奶不在了，她反倒觉得家里好像多了个人，心里有种说不出的别扭。

她的女儿拴妮子却很高兴，她去找庆凡，说庆凡大大，没有新衣服你就不去娶女人了吧？

庆凡看看她，憨厚地咧嘴笑了一下，那笑比哭都难看。

庆凡大大，你要是敢离开咱家，我永远都不喊你大大了！拴妮子气鼓鼓地嗔他。

家里没有了用人，穗子给婆婆做饭也没个正点儿。还好有个庆凡，干完地里干家里，上顾着老下顾着小，小心不让她们受委屈。穗子则彻底变成了一个怨妇，整天日天骂地，好像谁都欠着她似的。她的生命空间也越来越小，满世界只有自己的女儿拴妮子了，她是她活着的理由。可拴妮子并没少挨娘的打骂，她常常把拴妮子身上掐得紫一块青一块的。她责骂她，为什么你不托生个儿呢？然后又搂着她哭，说，苦命的儿啊！

拴妮子怕着娘发狠，却更怕娘和她亲热。她和她亲热的时候，往往预示着更强烈的发作。每次剧情都差不多，最后总是落脚到一句台词：你要有种，就去找周启明，找你那不靠谱的爹。他不让你活好，你也不能让他好活！

日子稠密而单调。秋去冬来，寒冷更让人难耐，人待在屋子里的时候越来越多。有时候穗子实在熬不下去了，她盘腿坐在床上哭嚎，大放悲声，口中絮絮叨叨地诅咒，眼泪鼻涕甩得到处都是。他个天杀的打仗时咋没伤了残了？伤了残了没人要，他就得回家。他是个瘫子瘸子，躺床上不会动我也伺候他！拴妮子看见妈的鼻涕拖得老长，从床上拖到床下去了。她手里拿着一块干手巾，却不敢走过去替她擦。远远地戳到她手里，没防备好，手一把被她揪住，骂声呼啸而至，你个死丫头片子，丫头片子也有有种的，你去城里找他去！你是他的闺女就得他养着。福都让一个外人平白享了？你去找他去，你不去你娘就上吊！拴妮子的手霎时青紫一片，她疼得大声尖叫，妈，妈，妈啊——我去找我爸！不，我去找他去！穗子松了手，却哭得更凶了，他压根就不是你爸，他个天杀的，没有他这样当爹的。啊啊啊——我的苦命的儿啊！

她的哭声在村子里飘荡，天长日久，成了上周村日常生活的一部分。那时拴妮子已经十三岁了，她在娘的哭骂声中长到十三岁。仇恨的种子终于发了芽，但她不恨她娘，她恨那个叫周启明的男人，捎带着，她连周家的人都恨。给奶奶送饭时，她会把她的恨意带上，故意看着正在入定的奶奶，咚的一声将碗放在桌子上，把她惊醒。她有时使坏，故意不给她拿筷子。你不是从不进灶屋吗？没有筷子，我看你怎么吃！奶奶明显感觉到了威胁，只要拴妮子在跟前站着，那顿饭她宁愿不吃。她的目光随便落在一件什么东西上，不喜不怒，一脸茫然，依旧是活在自己的世界里。

幸亏家里有个庆凡，他小心地看顾着婶子，不让她受委屈。庆凡带拴妮子去过城里见过她父亲后，周启明开始经常回来探视母亲。但他很匆忙，回来一趟像掏个火一样。他让庆凡守着门，不让外人进来，好让他好好看看娘。他在娘跟前坐上半晌，两个人相对无言。然后，他从帆布提包里掏出点吃的用的放下，就又走了。他从不和穗子照面，像是不认识这个人。给拴妮子带回来的，也都是她捎信要的东西，几尺布或者两双袜子，一双胶鞋。

穗子倒也奇怪，整天价日天骂地，千刀万剐诅咒的人回来了，她却匆忙地躲到自己屋里，不哭不闹，也不让拴妮子去跟他闹。开始庆凡防着她出来找事儿，但她没了声息，倒让他起了疑心，莫不是想不开？他招呼拴妮子，让她守着娘，万一有啥不好了喊人。拴妮子憨憨地咧着嘴说，大大，我妈不会有事儿。

庆凡哪里会懂女人的肚肠？他觉得按照穗子平日里的疯狂样子，看见她日思夜想的男人，还不上前撕他扯他挨到他？估计她发起疯来谁也拦不住，庆凡哪是她的对手？她敢拼出去拿刀捅他，或者捅伤自己。

其实是她自个儿怕了，这个世界上穗子只怕一个人，就是这个叫周启明的人。这个时候，她怕暴露自己，她怕他看见自己的脏，自己的丑。别说撒泼胡闹，她连哭喊的勇气都没有了。她把自己关在屋子里，静静地探听着外面的动静。很多年了，她一直等待着那样的动静，满心里都是希望，她盼着他有一天会心甘情愿地回来。谁敢保证他永远不回心转意呢？听人说外面的世界糟乱一团，人都跟斗红了眼的鸡似的，总有不顺心的时候，谁不叶落归根呢？周启明挨斗的消息她也时有耳闻，那样的消息总是让她亦喜亦忧。喜的是他在外面待不下去了，自然会回到村子里来，这毕竟是他最终的家。忧的是他会带着现在的女人回来，那她和拴妮子在上周村的地位也有可能保不住，她还能是他周启明家的吗？他最好是在外面混不下去，最好是一个人孤独着，念着发妻旧时的好，心甘情愿返回这座老屋。所以她不能在他面前胡闹，让他彻底死了心就再也不会回来了。

她幻想让他记住的仍然是过去的她，风姿绰约，桃红柳绿。

弟弟周启善倒是常常回来住两天，不须哥哥安排，他自是不放心他娘。地里有粮食有蔬菜，院子里养了猪和鸡，还有周启明周启善每个月寄回家的钱，足够她们生活得很好了。可是两个儿子哪里知道，娘不晓家事，钱都攥在穗子手里。穗子一分钱也不给婆婆花，她领着拴妮子场场赶集，买烧饼夹肉，吃饱才回来，有时候饭都不给婆婆做。

穗子不让拴妮子上学，她觉得读书才会使人学坏，才会跑出去不回来。周家三代媳妇都守活寡，还不是跟她们的男人读书有关系？她对拴妮子说，你们周家没一个好东西，我要是让你上学识字，没准连你也学坏，跑出去不回来了。

拴妮子开始还反抗娘，但她一天天长大了，倒更可怜起她来。她觉得，母亲的所有不好，都是周家的人带来的。自己的一切不幸，她所忍受的打骂，也都是周家带来的，她恨自己姓周！

穗子想办法打听到周启明的女人叫朱珠。她不识字，更不知道这两个字怎么写。其实也没人知道怎么写，只是听说她的名字而已。她撕破婆婆的白布衫，扎个小布人，找了两个算盘珠子缝上当眼睛，捞把锅底灰画个三角的鼻子下弯的嘴。小布人朱珠身上扎满了针，她咒她头疼疼死烧心烧死，咒她吃馍噎死喝水呛死。她咒她的孩子，不死也成残疾。她当着婆婆的面，故意在佛龛前面做这些。婆婆迷惑地看着她，脸上依然是宠辱不惊的茫然。穗子不知道自己的诅咒应不应验，她恶狠狠地跟庆凡说，你答应我一件事，想办法弄到朱珠的生辰八字。要是能弄到那坏女人的生辰八字，我的诅咒一定会灵验的。

你是疯了吗？

庆凡对穗子言听计从，但对找朱珠生辰八字的要求，他断然拒绝。

拴妮子也跟着娘恨那个叫朱珠的女人，她是她的后娘。每次被娘打完，拴妮子就在山墙上画一条线，一声声地咒骂朱珠。不是这个坏女人，我咋会挨这么多打！娘打她是心里苦，谁不知道娘疼她？拴妮子是村里穿得最好，吃得最好的。那时候生活艰难，别人家的孩子长得像猴精一般瘦，拴妮子吃得粗腿大胖。娘打了她，总是变着法儿给她吃。拴妮子挨打损耗了体力，能一口气吃掉一整只鸡，还捎带两个白面馒头呢。

有一次，拴妮子和小孩们玩耍的时候起了争执。那孩子打不过她，就指着她的鼻子说，你再厉害，也是没爹的孩子，我娘说跟你玩儿霉气！拴妮子哭着回家告诉穗子，娘，娘，她们骂我是没爹的孩子。穗子抓起笤帚疙瘩,又打了她一顿,说,你个死妮子,你没有嘴吗?你去告诉她们,你有爹!你爹叫周启明!你爹在外面当大官,迟早有一天会把你接出去吃香的喝辣的,让他们馋得眼珠子掉土里!

那天逢着穗子来月事,头昏脑涨,越发地懊恼。趁拴妮子去奶奶屋里送饭,她跟着过去,毫无道理地拿着笤帚揪住她就打。拴妮子疼得吃不住,躲到坐在佛灯前打坐的奶奶身后。穗子假装是打拴妮子,借机狠狠地给了婆婆几下,婆婆脸上立时青了一大块。她不知所措,只是本能地死死护着孙女不撒手。

庆凡刚好从地里干活回来,他上前夺过笤帚,一手掂着笤帚,一手掂着这个疯子走到了院子里,把她和笤帚都丢在地上。他恨恨地指着穗子的脸说,你也作够了!我真受够了!从此以后,你要是再打拴妮子一下,再碰婶子一下,我就揍扁你!他回到屋子里,找到穗子缝的小布人,扯得稀碎,说,我兄弟离开你十多年才找的朱珠,他不找朱珠还会找牛珠马珠!你个死脑壳女人,就会往死里作,他找谁都不会找你这样的!

说完,他自己蹲在院子里大哭,一个大男人嚎得像杀猪一样。

从此之后,穗子再也不打拴妮子,也不骂了。她头不梳脸不洗,有一点布就给拴妮子做新衣服新鞋,四十岁不到就活活像个老太太,举止怪异,目光凶狠,孩子们看见她像看见了鬼。这反倒让庆凡后悔不迭,他知道穗子心里有多苦。她活得任性一点,才能化解那苦。现在她这样一蹶不振,让庆凡有了双重的愧疚,毕竟她是他接回来的女人。只有他庆凡记得,当年那个八抬大轿抬来的新媳妇,一身大红衣裳,钗环满头,粉面桃腮,小脚扭得一摇三晃,把个人心都晃得地动山摇。

那次进城,庆凡本来是要把拴妮子送给周启明的。兄弟俩喝了一场酒,他又把拴妮子带回来了。见了兄弟媳妇朱珠,他打心眼里觉得只有她才配得上自己的兄弟。

家里发生的事很快周启明就知道了。他把弟弟周启善叫过去,兄弟俩的眼圈都红着。他带点哽咽地说,你回去把母亲接城里来吧,往后娘跟着我一起生活。

周启善是在庆凡的背上长大的,他和庆凡的感情更深。接走母亲之前,他找了本家的奶奶去说合,想让穗子和庆凡合一起过。他觉得应该给庆凡一个交代,让庆凡娶个媳妇也是视母未了的心愿。那奶奶摇晃着小脚去劝穗子,说这样也好,本是一家人,又知根知底,在一起过了几十年,再怎么说，老了也是个伴儿。

穗子坚决地摇了头，说，这事儿不说。

那奶奶笑着说，这有啥不说的呢？反正已经这样了！

穗子急了，啥样啊？

那奶奶更是急得摇头摆尾，不是那样的，不是那样的……

那是哪样的？你得给我说清楚！穗子冲到人家跟前暴跳如雷。看着你是长辈的分上，我喊你个奶奶，不然你说这话就是满嘴喷粪！就他那样的吗？她指着蹲在院墙根的庆凡，你们还觉得我会睬他一眼？一家子坏瓜秧子，真不够恶心人的！他们家不要，还把我撂给别人，往我头上堆屎！他们再不顾及我们娘儿俩，也不能把我们扔给一个捡来的人吧？他们只管黑心烂肺去过好日子，死了这份心吧！我生是周家的人，死是周家的鬼，死了也要进周家的坟院！你去告诉周启明，他死了还得跟我埋一个墓坑里。我是周家用八抬大轿抬来，明媒正娶的，不是他在外面寻的野女人！

穗子一股脑儿只图自己骂得痛快，哪顾得着在一旁听着的庆凡的心情？但庆凡好像没听到一样，自始至终眼皮都不动一下。他反而安慰过来劝他的周启善，家里有我，你只管带婶子走吧。

反正是听习惯了，权当穗子还是像过去那样烦闷时骂一回街而已。

周启善实在听不下去了，但以他的身份也不好发作。毕竟穗子还是他喊了好多年的嫂子，给他烙过饼擀过面条，也给他洗过衣裳做过鞋。他把庆凡拉起来小声地安慰道，哥，咱娘跟我走，你也跟我走吧。有我吃的穿的，就绝不让你饿着冻着。

庆凡想起母亲死的时候，奶奶也是这样说的，心里难免一阵伤感。但他还是摇了摇头，苦笑一下又蹲了下去。这样的生活是他自己选择的，他不怪别人。

婆婆上车的时候，穗子哭天抢地地拦住车，她拍着车门说，你们走可以，把拴妮子一起带走！她姓周，是你们周家的骨血！

庆凡走过去想把她拦下。他没想到的是，拴妮子也帮他阻拦母亲。庆凡还没走到穗子跟前，她像躲蛇一样地往后缩回了身子。

庆凡不但没跟着走，他再也没去过城里周启明两兄弟的家。可家里没有了娘，穗子从此也和他分锅吃饭了。周家留在上周村最后的家土崩瓦解了。

农活仍然是庆凡一个人干。生产队分粮都把他们看成一家人。有时候穗子做点好吃的，也会让拴妮子往地里送一碗。她就是不说，拴妮子也会自作主张送过去。赶到"三夏""三秋"大忙的季节，穗子娘俩也去地里搭把手帮忙。平时庆凡和穗子都是故意躲着，谁也没再搭理过谁。

5

  一九七一年，我五岁多，离六岁生日还差几个月。到处听大人们在说，一个叫林彪的人在什么"温度而寒"摔死了。我两个哥哥有点兴奋，飞机爆炸飞机爆炸！那年头飞机是个多么神圣的怪物，我们偶尔在天空看见，会追着跑，大声地喊叫，飞机飞机你真快，赶紧赶紧落下来。飞机听见小孩子的一路呼喊，跑得更快了，一次都没落下来过。它怎么会爆炸呢？

  炸死的都是坏人，小孩子出去不许乱说话！我父亲简单而粗暴地终止了我们的喧嚣。他紧张的神色让我们知道，这是一件大事，连我父亲都被吓着了。

那年真是流年不利,怪事多,先是我在秋后的菜园子里寻找霜后的果子被蜜蜂蜇了一下,嘴唇肿得比鼻子还高。肿还没完全消退,我又从主席像的水泥围栏上跌下来,摔了一个狗趴。我大声地哭喊道,我的下巴跌掉了!我的下巴跌掉了!我母亲用一块纱布擦去我脸上的血,小孩儿家,知道哪是下巴啊?当然,下巴是不会轻易摔掉的,只是下边还没来得及换的两颗门牙磕断了。他们带我去医院拔掉牙根,否则新牙生不出来。

等我好了,我母亲便说,这孩子不省心,没人看着不行,送学校吧!

母亲说话从来不留虚头,我竟然真的背着母亲连夜缝制的阔大的花布口袋,跟着哥哥们上了小学一年级。那年头,大人小孩都参加"批林批孔"。我从哥哥的口中懵懂地知道,林彪是个谋害毛主席想夺权的坏蛋。但一个小孩子却在许多年里一直糊涂着,批判林彪,为什么要跟孔老二联系在一起呢?大人们说孔老二死了几千年了,又不姓林,革命也好反革命也罢,批他干什么呢?更不懂的是,为什么"批林批孔"还要批我父亲呢?一个已经被各种运动数次降级使用的小官员,他怎么能与林彪还有孔老二扯上关系?相比这些天大的人物,我爸爸算什么呢?这点连我的哥哥们也死活看不上。小哥哥比着自己的手指说，咱爸，跟林彪比，官太小，连人家一个小脚指甲盖儿都比不上！

　　满大街都贴着周启明的大字报和打倒他的标语，他与林彪孔老二不但有关系，还明明白白地晒在大街上。我站在寒风凛冽的街头，对着外墙上的标语一个字一个字地念：打倒孔老二的孝子贤孙周启明！我哥哥看见了就冲过来，气得满脸通红，一把把我推个大跟头。若是旁边没有人，他会把周启明三个字撕掉，三下两下就扯碎了，丢弃在地上，那些碎屑瞬间被风吹得满大街飘荡。这些字不复杂，我全部都认得，为什么不让我念呢？那时我已经识了很多字。两个哥哥上学后在屋里屋外的墙上写满了上中下，人口手，赵钱孙李，周吴郑王，毛主席万岁！共产党万岁！我父亲不让我跟着他们在墙上胡画，就让我在报纸上画圈，认得的字就画个圈，认得越多奖励我的小分钱就越多。我渐渐能在一个版面上画一大半了。我两个哥哥，一个上二年级一个上三年级，他们会的我差不多都会。我大哥背乘法口诀老是出错，我在旁边更正。连一个没上学的都会！我父亲气得为此打了他一巴掌。

　　我成了爸妈的跟班和间谍，把哥哥们圈在父子亲情之外，他们该有多烦我啊！他们俩偷偷地商量好，出去玩把她领远点，然后我们俩跑掉，最好让她找不到家。他们真心恨不得让人贩子把我领走算了。因为在父亲面前得宠，所以我越发爱逞能，一年级的课本发下来，薄薄的一本，我一个小时就学完了。贫农出身的乡村语文老师，上课常常念错字，《水浒传》被他读成"水许传"。他父亲是学校"贫农管委会"的主任，他因为读过"水许传"而在学校里骄傲自大。我纠正他读错了，应该读水"hu"传。老师非常生气，他用教棍指点着我对全班同学说，看吧，"革干"子女就是比人家特殊，识字都比贫下中农的孩子早！知识越多越反动，不打倒他们打倒谁？仅仅因为这个，我几乎成了一个小反革命，这事曾经一度在学校成为一个事件。

"革干"可不是指革命干部，我几乎是一点点大就懂得这些事情。家庭出身是贫农的，才可以理直气壮出来混。无论你当多大的官，家庭出身是地主富农，子女填表时都灰溜溜的。后来不知是谁发明了一个新的家庭成分，类似我父亲这样的，青年时代就走上了革命道路，与封建家庭很早就划清界限的，子女可以在成分栏里填写上"革干"。但是这个特殊身份，在所有人眼里都是个敏感的字眼，"革干"是出身不好的代称，也是打入另册的。土改工作队进村前，父亲的祖父和父亲都是组织上打了离婚证明的，和发妻早已分割清楚了。但是他们还是足够倒霉，因为种种原因，祖孙二人未曾回老家亲自分配土地，父亲的祖母只是出于愧疚把他母亲带过去的一百亩地分给了孙媳和家里收养的孩子，可老祖母给他们留下的土地实在还不算少。地方干部已经很照顾了，家庭仍是被划成了富农成分。其实我父亲对这事儿倒是很想得开，他读书看报多，自以为政策吃得透。他说，富农怎么了？富农有什么不好？毛主席还亲自给家乡写信，要求给自己划分为富农呢！

不过，父亲家的社会关系也太过复杂。叙述解放后的事情，我一直没写他的祖父周同尧。周同尧可是个地道的老革命，参加过长征，打过鬼子，驱赶过老蒋。解放后曾任平原省的首任机关党委书记。可是在一次政治运动中复查档案时发现，长征途中他有三个月的时间脱离了部队，去向无法向组织说清楚。他的解释是因为枪伤得了败血症，差一点没死掉，在深山老乡家里养病。每每说起这个，他便搂起上衣给人看他肋巴上子弹留下的伤疤，像只核桃一样闪着铜色的光泽。那是他的军功章，让看的人心生敬佩。可是，他的说辞因为无人证明而未被组织认可。上级领导和战友们也都跑散了，唯一的证明人就是他参加革命后娶的妻子，女战友梅翠屏。但是，梅翠屏早在抗战期间就牺牲了。

周同尧被撤销了一切职务，组织上出于帮助自己同志的考虑，指给他一条生路，让他重新参加革命，重新入党。他是个解放前的大学生，又有多年的部队工作经验，能文能武。与那些大字识不了几个的工农干部比起来确实是技高一筹，很快又被提拔到领导岗位上，当上了地区法院的院长。那时候的革命者从不计较这些进退得失，反正一切都听从组织安排，很少提个人要求，所以他对这些遭遇并无半句怨言。他在新的革命工作中干得热火朝天，又娶了一个比他小差不多三十岁的城里女学生。我父亲称呼她花奶奶。那时候，生活好像突然打开了另一扇门，让祖父走入一个轰轰烈烈的新天地。若生活一直这样继续，他的后半生可能会过得蛮不错的。

一个偶然的机会，周同尧去京城参加法院系统的表彰大会。在会上，他见到了某位领导人，长征时他跟着这个领导当警卫排长，正是这个领导批准他在老乡家里养病的。解放前，领导用的是化名，解放后他恢复了自己的姓名。难怪这么多年，他在报纸文件上无数次看到这个名字，却丝毫不曾想到会与自己有什么联系。他无比兴奋，急切地想挥手招呼他，但又不敢太造次。领导与出席会议的代表合影时，却一下子认出了他。照完相，两个人紧紧拉着对方的手，久久不愿意放开，好像有几天几夜说不完的话，但又激动得不知道从何说起。

　　不等会议结束，那位领导便安排好了，一定要拉着他在小餐厅吃顿饭。吃饭的时候二人总是忆起过去，但一时又理不清头绪。物是人非，九死一生，活过来的也大都风烛残年。他激动得哽咽落泪，领导也泪眼婆娑。问了一圈过去战友的情况，他并没想起说自己的遭遇，后来还是领导问到了他的职务和待遇，他才把重新参加工作，重新入党的事情讲出来。说起这些的时候，他甚至还有点庆幸，半认真半玩笑地说了，绝无半点委屈的意思。领导听了，也只看了他一眼，没有什么态度，只举着满满一杯二锅头，说，今天只管喝酒，看你还活着，比我自己活着都让我高兴，其他啥事儿都是小事！说完仰脖子干了。领导还是过去的那个样子，一点也不装腔作势。

　　会议结束，他回来一如既往，跟谁都没提过见到老领导一事。后来省委主要领导找他谈话，说组织上已经调查清楚他那段历史，上面有位领导亲自出面给予证明。组织对他的待遇和级别重新进行了调整。级别调到行政十三级，工资涨到一百四十多块钱。职级虽然是高级干部中最低的一级——地师级，但也跟地委书记平起平坐了。不过地委书记的工资可跟他差一大截子，一百多块钱工资在五六十年代可真是个天大的数目。

这事写出来像编故事一样，可真真就发生在我的亲人身上。父亲晚上喝几杯酒兴奋起来，倒是经常会提起他的爷爷，说他喜欢穿灰色毛料中山装，披着老蓝呢子大衣，走到哪里都威风八面。按现在的话说，就是气场很大。

好日子过得很快，又一轮新的革命忽然间开始了。周同尧的领导被打倒了，领导的证明反而成为他的罪证。领导被打成叛徒，他自然也成为叛徒。他被反绑着手，头上戴着纸糊的高帽子游街。开始他还很坦然，觉得这种运动就是走个过场而已，很快就会拨乱反正各归其位的。但翻来覆去地斗了几十次之后，他感觉到不是那么回事儿。过去枪林弹雨，出生入死都不胆怯的他，这次却被漫天飞舞的垃圾和臭鞋子砸晕了。地区组织的几轮群众批斗会下来，他的精神就彻底崩溃了，一会儿清醒一会儿糊涂。清醒的时候说，我要找毛主席告状，我不是叛徒，我的首长也不是叛徒！首长那么好的人，对革命那么忠诚，他怎么可能是叛徒呢？糊涂的时候他就到处走，既不认识别人，也不认识自己。我父亲和叔叔他们常常出去找人，有时候要到离家很远的地方才能把他找回来。

父亲口中的花奶奶,平日里那么柔弱,关键时候倒是能挺身而出,该她出来说话的时候绝不退缩。平时活泼泼的她不再多言语,只埋头做事。不卑不亢,对老伴不离不弃,细心地看护着她心目中的英雄。花奶奶是个进步青年,她是学国文的,爱好写作。当初嫁给周同尧并不是图他的身份地位,而是被他的英雄事迹鼓舞着,感动着,义无反顾地走进了他们的婚姻。周同尧喜欢少妻的天真、单纯和执着。她风华正茂青春貌美,又是一个知书达理的可人儿,他哪里会不疼爱她?他对她怜惜娇宠,她对他言听计从。不管别人看着多不般配,他们自己过得却是如胶似漆。

父亲跟我们讲起他祖父的事儿,然而在故事里,我最关心的是他的花奶奶。周同尧去世多年之后,我曾经特意去看过她,我心目中一个神秘的单身女人。那时候我已经大学毕业,走上了工作岗位。我去看她的时候,她的丈夫自然已被平反昭雪。但那只是一个形式而已,她的英雄在她心里的形象从来没有坍塌过。她说起他,每一个细节都鲜活。他活在她的生命里,她依然一脸的向往,好像随时听从他的召唤。

父亲的弟弟周启善,我的叔叔,每次见面也会给我讲他爷爷的故事。他说他死在一个四面透风的小火车站里,穿着中山装和呢子大衣。那天下很大的雨,天像是漏了一样,哗哗地往地上泼。他爷爷身上沾满了泥水,湿淋淋地站在火车站入站口,不买票却非要进站。火车站的工作人员拦住他。他说他要去北京,找毛主席告状。他的领导不是叛徒,他也不是叛徒。

当进站遭到拒绝后,他就挺直身板,气呼呼地坐在火车站粗糙坚硬的长椅上。最后,他便是以那个姿态咽了气。

我父亲兄弟俩被派出所通知去认领尸体。父亲说,他和叔叔都没有哭。花奶奶也只是默默地流泪,不敢哭出声音。但跟我讲述的时候,父亲和叔叔都会哭。父亲总是从口袋里掏出皱巴巴的灰手帕胡乱地擦拭眼泪,仍然觉得眼泪有点丢人。那时死了人也不兴哭,说是属于四旧。

我宁愿相信,父亲和叔叔的眼泪不仅是为了他们的爷爷,也是为了自己和那个时代。

我的太爷爷周同尧是怎么从家中走出去的,一直是个谜。花奶奶说,她一直在厨房里剥他爱吃的毛豆,准备做青豆米饭。她一直小心着外面,始终没看见丈夫有任何动静。但他悄无声息,在她眼皮子底下溜走了。当她做好饭去喊他吃饭时,已经找不到人了。

有一个叛徒爷爷和一个失踪的身份不明的父亲,我父亲兄弟俩最好的几十年都被拖累了。无论他们工作多么积极，表现得多么有能力，注定不能得到重用。然而，祸不单行，更加严重的事件还在后面。父亲的老上级萧景华上吊自杀了。萧景华被打倒是有预兆的，他跟我父亲，还有父亲的爷爷同属一个部队，是第四野战军，林彪曾经的部下。他的罪名更多，叛徒，流氓，走资本主义道路的当权派，且生活作风腐化堕落。他性子刚烈，死不认罪。斗来斗去斗狠了，留下誓死捍卫毛主席，誓死捍卫共产党的一纸遗书，以死证心。

　　萧书记吊死的时候我们都跑去看了。我心里着急，所以比别人跑得快，但赶到的时候他已经被人从办公室里间的门框上弄下来了，粗麻绳还留在脖子上，门框上还有被割断的另外半条绳子。绳子在风中自由自在地飘摇着，并没有一点沉重感。那时候房子建得高，要不然萧书记怎么会在门框上吊死呢？他脚下也没有凳子，他是怎么把自己吊上去的呢？若干年后，我父亲还留着这样的疑问。但在当时他不敢说，也不敢问。

　　父亲说，萧书记死的时候身上都是被学生打的伤痕。他们是真打，皮带木棒都敢用，衣服也扯烂了。他哽咽起来，也不看我，眼睛死死地盯着窗外。我也跟着他朝窗外看。

妹妹家住在二十九楼，只看得见傍晚的天空，没有鸟，天空寂静到荒芜。后来我在想，如果不是因为写作，我们之间会说这么多话吗？其实更多的时候，我们的交谈是公事公办，很少掺杂个人的感情，即使有个人感情，也是各归各，我们之间很难产生共情。我追问这些事情的时候，父亲的身体已经变得很虚弱了，眼睛也是濡湿的，每分钟都像要哭。他老了，每天眼巴巴地想要喝一点酒，被我严苛地把控着。父亲的晚年，我总是以医生的交代布局他的生活，哪怕他与我相隔千里之外。

我母亲说，萧书记那么讲究的一个人，死的时候也没给自己换身干净衣服。当时正是动乱最厉害的时候，他死了也没人管，主要是都不敢管。她一边说一边掉眼泪。最后还是你爸解开他脖子上的绳子，找几个人给他弄到火葬场的。我妈说，看见薛大姐哭的那个惨状，铁人都忍不住落泪。唉，你爸就是从那时起开始喝酒，喝晕了才能睡觉，否则就整夜整夜睡不着，坐那里一根接一根抽烟。

我的眼眶硬得生疼起来，不再看窗外，站起来走到橱柜边上，给我爸倒了一点酒，53度的茅台。他有固定的杯子，能装一两多酒，我母亲每天会给他一杯。他眼巴巴地在旁边等着，仿佛生活对他的吸引就只剩下那一杯酒了。看着他急不可耐的样子,我的心差点软下来,对他说,往后你想喝就多喝一点吧。可是话到嘴边我又咽回去了。他肺部做了肿瘤切除,虽然说是良性的,但医生是严禁他吸烟喝酒的。

我母亲看着我父亲喝了那杯酒。她一辈子怕酒,一小杯酒就能醉倒。她咽了一口唾沫,接着说,薛大姐那么刚强的人,到底还是扛不住这样的打击,带着她和老萧的几个孩子回老家江西去了。我记起很多年后,父母去看过她,便问及此事。我母亲这才有点快乐起来,她说,薛大姐比以前还有风度,没发胖,衣着讲究,老了也还是个大美人。他们的儿子后来在江西一个地市做了副市长,长得可真像他父亲年轻时,一模一样。我父亲喝了酒,精神显然好了很多,声音也突然高起来,他断然打断她,说,哪里啊,不一样!仔细看还是有很大差距。

是啊,肯定有差距,任何一个父亲的人生都是无法复制的。

我母亲在小城市工作一辈子,没见过什么世面。薛剑秋无疑是她的人生榜样。我一直认为,母亲从她身上学到了不少东西。母亲一辈子衣着朴素,但她气质非常好,遇事宠辱不惊,从容淡定。

他们那一代革命者,怎么说呢,骨子里头满是忠诚。我在许多年里都很惊奇，我父亲亲眼见证亲人朋友们惨烈的死亡，自己也经历了十几年的批斗折磨，但他从不怀疑什么，一如既往地听组织的话，从不减弱对党和领袖的热爱。一直到他死，若是有谁胆敢在他面前说领袖丁点儿不是，他立刻就拍案而起，甚至会与此人反目成仇。组织任何时候都是正确的，领袖哪能让你们说三道四？

童年的日子寂寞而单调，我的记忆却是繁复的，天高地阔，自由无羁。天空，河流，花朵，鱼虫，一切自然界的存在都会让我惊奇。在孩子们眼里，生长的过程不比任何时代缺乏色彩。有一次，我一个人跑到城外的公路上，偶尔有一辆卡车从远处道路的一端缓慢地、一点点地移动到眼前，驮着巨大的喧嚣，破败而疲惫。它不会因我而停下来，开车的人坐在高大的驾驶楼里，他很可能看不见我。它轰鸣着，毫无感情地驰来，又毫无感情地驰去，它只是路过。我睁大眼睛，看着这庞然大物一点一点地变小，直至变成一个小黑点，最后连小黑点也不见了，它消失在道路的另一端。远处的路越来越狭窄，我总觉得那里会是路的尽头。大人们都在睡午觉，四处空旷寂寥。一个小女孩似乎突然有了独立的思维意识，我在寻找什么呢？天地空茫，杨树叶子哗哗地响起来,像是一万个鬼在拍手。我不由得害怕起来,拼命地逃回家去,从此再也不敢一个人走到荒凉的地方。

　　父母忙着革命或者被革命。两个哥哥带着五岁多点的我天天去上学堂。他们被父亲的威严镇压着,嫉恨我在父亲跟前受到的那点宠爱。只要一出门,他们就捉弄我,要么把我甩掉,他们下河玩水,要么就是飞跑而去,故意让我跟不上他们。很长一个时期,我做梦都会吓得惊叫起来,感觉一次次被丢在荒无人烟之处,找不到回家的路。对我而言,那是一个极不安定的童年,严重缺乏安全感。其实他们两兄弟也团结不到一起,在很多事情上都故意撇清,以表达自己的独立姿态。其中一个和人打架,另一个绝不帮手。他们彼此使用的声明是相同的:你们打吧!打掉头我都不帮锤,只要不提我们爸妈的名字。到今天我都想不明白,小时候为啥那么怕别的小孩知道自己父母的名字?小孩们个个对自己家长的名字讳莫如深,但却会在吵架最狠的时候,喊出对方父母的名字。而我们不行,父母的名字可是满大街都是,批臭,打倒,名字上还打上红叉黑叉,让我们丢尽了颜面。

　　我不但年龄小,个头也小,比同龄的孩子小一号。我母亲说,怀我的时候工作忙,胃口不好又顾不上休息,我生下来只有三斤七两。我姥姥说,老天爷,这能养活吗?我后来问她到底有多小,她说,能装进你爸的鞋壳子里。

  我的女儿上学之后,我最忧心的事情就是校园暴力,害怕她在学校里会不会被别的孩子欺负,甚至受人威胁。儿时的恐惧和无助会影响一个孩子的一生,甚至改变孩子的性格。也许那时太小,无数倍地放大了恐惧感,比如一群比你高出半头的男孩子,突然拦住你吹口哨或者怪叫。你被吓哭了,他们就非常开心地呼啸而去。再比如有两个厉害的女生,她们要你手里的糖果,你不给她就对你吐唾沫,另一个突然怪声怪气地喊出你爸爸的名字。我还曾经被一个郊区农民的女儿控制。下午上学时给我拿一个白馍吃!她命令我,见我迟疑她又说,不拿我就把你的书包扔到厕所里去!面对这种暴力,我不知道为什么不敢去报告老师,也不敢跟家长说。甚至我都做好了充分的思想准备,如果老师或者家长问我,我会像宁死不屈的刘胡兰一样,替她隐瞒这一切。

  很长一段时间里,我每天都要在书包里给那女孩装一个馍。我当然知道拿家里的馍给别人吃不是好事。我家的粮食也不宽裕,姥姥有时会从百十里外送一袋子面粉给我们,她也是千方百计省下来的。按户口本供应的粮食顾不住几个成长中的孩子。每天给别人拿一个馍，搞不好母亲发现了会打我。尽管我母亲从来没打过我们兄妹之中的任何一个，但我们都很害怕她，因为不知道她打起人来会是什么样子。主要是心里感觉到挨打是一种耻辱吧，我看见院子里别人家的孩子挨打，好几天都躲着走，害怕他们会羞愧。

　　我在这种屈辱中觉得日子太过漫长，有时候实在忍不住就会回家哭一场。我说，他们喊我爸的名字。我父母互相对视一下，竟然嘿嘿嘿地笑起来，说这有啥可哭的，名字不就是让人喊的吗？有一回我的白衬衣被一个女孩故意甩上墨水，我回来哭得很凶。我母亲一边洗一边吵我，哭啥哭，你还有理是吧？你不会躲那些坏孩子远一点？你不惹事，事就不会惹你。她说得那样不容辩解，那样简单，好像我是在没事找事儿。他们忙碌着自己的事情，不肯多看我一眼，对我的忧惧视而不见，我的所有个人需求都是多余的，也许连我本身也是多余的。我惊魂未定，眼睛里充满恐慌。他们无暇看这些，无暇体会孩子所经受的伤害，更不知道一个孩子心里的疼痛。我委屈着，在学校越来越孤独，而且觉得自己越来越丑。别人作弄我，哥哥发现了会躲得远远的，他们嫌弃有我这么个弱小的灰溜溜的妹妹。一直到今天我都不明白，为什么我不敢大声说出我两个高大威武的哥哥的名字？哪怕只是吓唬吓唬他们，谁敢欺负我，我哥哥会揍扁你们！或者我的哥哥们若是肯站到欺负我的人跟前说一句，不许欺负我妹妹，就足以把他们吓尿。这是多么简单的事情啊！

事实上，我们以父亲的名字为耻，我的两个哥哥以有我这样一个妹妹为耻，他们彼此也以对方为耻。我们在路上见着了彼此从不说话。也不光我们兄妹这样，别人家的孩子也都是这个样子。我们学校有一个男生下河洗澡淹死了，大家蜂拥着去看死人。这个孩子的弟弟恰好和我一班，他站在尸体旁边等待迟来的父母，非常得意地维护着秩序。他指着已经死了的哥哥说，这是我哥，我说了算，让你们谁看谁才能看！让你们看多久看多久！你们别挤，后边排队去！他学习成绩很差，衣服总是穿得脏兮兮的，平时都不太敢大声说话。那天他那么理直气壮，不知道底气来自何方。在我的记忆里，那可能是那个孩子在上学时最出色的一次表现。我早已经忘记了他的姓名，却记住了那个夏天的下午，和他忙碌跳跃的身姿。午后初晴，太阳蒸烤着潮湿的地面，人人都热得汗流浃背。他的神情和挥舞肢体的形态被定格在我的记忆之中，比看过很多遍的电影里的男主角的印象都深刻。

6

周启明十六岁上稀里糊涂地有了一个女儿,又过了十多年,他三十岁时娶了我妈朱珠。我父亲比我母亲大七岁,这样掐指一算,我妈比那继女也大不了几岁。

也许是春天,万木葱茏,天气祥和,我会被光和花朵迷惑,心中异常感动。我不生是非,是非就不沾染我,这是我母亲的信条。我母亲提着一竹筐从集市上买来的槐花,象牙色的花朵衬托着她灰色的涤卡布外套,整个人都鲜亮起来。童年的记忆里,母亲是足以称得上美人的。我追着她回家,和她一起择拣花朵中的树梗。就要吃到这新鲜的花朵了,我咯咯地笑得发出声响。母亲将它们洗干净,拌入面粉蒸出来,捣半碗蒜汁,多多放些麻油,吃得一家子人口吐芬芳,心情像五月的天气一样明媚。生活还是蛮不错的。

但是,那个女的又来了!

那个女的!我们好多年里都这样称呼她。

自从庆凡带她来过我家,她就常常不请自来,时不时地出现在我们家里。我听见哥哥们嘀咕着她又来了,脸上立刻就愁雾弥漫。我那时只有几岁,矮小瘦弱,严重的营养不良。她像一头怪兽,差不多二十岁了吧,发育得肥硕丰满。她其实长得并不难看,只是一脸愚蠢蒙蔽了五官,令她丑态横生。大院里的孩子都知道怎么回事,渐渐地,别处的孩子放了学也来看热闹。他们指指点点,嬉笑道,大老婆生的!她毫不羞怯地看着他们,有时候还会陪着他们笑出声来,显得更加愚蠢了。

她很快便能和左邻右舍以及这些看热闹的人打成一片。她不识字,也不知廉耻,看见人就能跟人家聊几句。她大咧咧地告诉他们,周启明是我爸,朱珠是我后妈。她穿着簇新的衣服,上面硕大的牡丹花鲜艳欲滴,操着家乡拗口的土话,活脱脱一个带着绿叶的大笨红皮萝卜。

她差不多毁掉了我全部的少年生活。我父亲是离过婚的,而且前边还有一个女儿,这是多大的一个丑闻!无论父母带着我们换多少个地方,搬多少次家,她总是能及时出现,在我们家一住就是好几天。她喜欢串门子,有事没事到各家各户串串,完全把这种农村习气带进了城里。邻居们吃过饭正闲得无聊,她突然不请自来,讪笑着,扭动着,像一只饱食终日的大虫。邻居们喜欢这种带着乡土味道的喜兴,他们平淡无奇的日常里就缺乏这种意外之喜。他们热情地给她让座,给她递上稀奇的零食。她一边毫不客气地大吃大嚼,一边讲着乡村的鸡零狗碎。然后,故事进入高潮,千篇一律的是历数后妈的种种不好。后妈让她爸跟她妈离婚,却不让她进城。她们娘俩在乡下种地,没人管没人问。她妈是裹过脚的小脚女人,种地很苦很累。她在家帮妈妈干活,学都没上过一天……邻居们不由得严肃起来。但他们不便多说,只是在她面前堆了更多的零食,他们动了恻隐之心。也有邻居逐渐被她带入故事里,唏嘘着,感叹着,有时还陪她一起流泪。

在她语言的反复侵蚀下,我母亲从她日积月累的形象里抽离出来,变成了一个坏女人。她表面上是一个端庄正派的妇女干部,整天做别人的思想工作,自己却勾搭一个结了婚的有妇之夫,并虐待前妻的女儿,不但不让进城,学都不让上。这年头还有不识字的孩子!大家的感慨,有着道德的沉重和一吐为快的轻松。

还有我父亲,领导干部抛妻弃女找小老婆,简直是腐化堕落。后来这样的内容也出现在大字报里,被张贴到大街上。我感觉到每次那个女的来了之后,我父亲再和人交谈时，似乎心虚了许多，话说到一半会忽然烦躁起来。那些人目光里的犹疑让他痛苦。虽然从没人问起过他，但我知道，他所遇到的痛苦比我在学校遇到的要大得多。

也就是从那时候起，我开始理解父母和周围发生的一切。他们说我早熟，懂事了。

我真奇怪母亲怎么会有那么好的耐性，无论心中是怎么不快，从未见她埋怨过，更不会对任何人解释。作为一个十几岁参加革命的妇女干部，她有咀嚼和消化屈辱，并以此喂养自己坚强的能力。她任凭这样一个继女在我们的生活中自由出入，任凭幼小的我背负着沉重的伤害，丝毫不为所动。我的两个哥哥是怎么想的我至今不清楚，但至少在表面上，他们对她竟然充满善意，甚至会讨好她，在她面前示弱。我有时还会怀疑，为了制服我，他们跟她是不是一伙儿的？这让我在伤心之外，平添了愤怒。凭什么呢？她凭什么？他们凭什么？成人后我才慢慢揣摩出，大约除了良善，他们更多是怕，是希望息事宁人。

那个女的又来了！

那些年她频繁地来去，住进我们家里，好多天都不离开。她自由散漫，吃过的花生和瓜子壳撒得满屋子都是。她端起碗放开吃饭，任意一张床上都敢睡。她不洗脚，晚上脱掉的鞋子熏得我一整夜都像陷在下水道里，无处可遁。

打记事起，我就和祖母睡在一个房间里。她一如既往地不涉世事。她无须适应，天然地接纳一切。她把儿子的院子当作是他处的家。她在哪儿生活，虽然都是轻飘飘的，但也是扎扎实实的，像是一棵可以任意移栽的树。一个洁净的老太太，端端地坐在屋门外。她微笑着，好像有话要说，却又不甚言语，因此显得很有些尊贵。别人家的老人都喜欢穿黑，唯有她穿白布衣衫。她亲手洗自己的衣裳，洗一洗对着太阳光照一照，一点灰星儿都休想躲过她的眼睛。她在太阳底下梳理头发，白色的发丝闪着缕缕银光。花盆里种满小桃红，花开盛了她就摘下来晒干，装进白色的布袋子里，屋子里布满了香艳的气息。我喜欢家里有一个老人，连父亲的脸色都和悦了不少。更重要的是祖母身上的仙气，不属于人间的洁净。我悄悄凝视她，看她的指甲在太阳光里闪烁，手指比葱管都整齐干净。

然而，那个女的又来了。她把我们祖孙俩的房间弄得一团糟。她抬腿就上我的床，脏兮兮的袜子有时候就伸在我枕头上。我拒绝和她说话，看见她来就躲得远远的。她当仁不让，将屋子占得满当当的，好像这是她的家，不是我的，心虚的反而是我。她亦不和我祖母说话，仿佛她根本就不存在似的。

　　我母亲心里忍着怎样的委屈，她是断然不会给包括我父亲在内的任何人说的。在这一点上，她非常像她的母亲我乡下的姥姥。姥姥一辈子没有抱怨过任何人任何事，她只是顺天应时，生儿育女，日出而作，日落而息。她仿佛不知道什么是烦忧，也因此远离了烦忧。

　　母亲下了班就赶紧往家赶，她要买菜，然后赶回家做饭。她的婆婆不吃荤，得单独给她烙一张葱花油饼。那个女的在这，不能不依客人的标准，面条里怎么也得多放点儿肉丝。母亲一向严苛地对待子女，我一点点大就会洗衣服，打扫房间，在厨房给她打下手。她擀面条我就得帮她洗菜，她洗衣服我就得帮她晾晒。那个女的却什么都不干，她就是来做客的，如果不出去串门，就任意地躺躺坐坐。我父亲更是什么都不说，他不知道该怎么对待她。在他眼里，她不是他的孩子，而是一颗炸弹。他害怕她爆炸伤害了我们，更怕她伤了她自己。我试图从父亲对她的没有态度里读出他的态度，我想知道他心里是爱她还是厌烦她。也许，没有爱也没有厌烦，只是视而不见，故作轻松？但我只是从他的表情里看出无奈，看出他在躲避她。她已足足是个成年人了，没有为这个她称呼爸的人洗过一次袜子，端过一次饭。她坐在我们家里吃喝玩乐,她要新衣服,要新袜子新鞋,理直气壮地一样一样讨要。有时候她会要到我父亲脸上,爸,我要一件新罩衣,灯芯绒的。爸……父亲听她呼唤他为爸,总是像被烫着似的,急惶惶地申明,我不管家里事儿,这个家你们妈当家!他那语气,分明是讨好,或者是求饶。但"你们妈"这三个字在深深刺痛我的同时,也暴露了他的态度——他这是把她当成我们家的孩子了吗?

我恨我的父亲,他面对一个每每找上门闹事的乡下野丫头,竟惊慌失措得如此的不堪,几乎不像是我逞威武敢担当的父亲。我相信,她在的时候,如果能够不回家,他可能就不回来了。他要把这个包袱甩给我母亲,甩给这个家庭。我恨我的两个哥哥,他们若是拿出对我一半的凶狠来对付她就足够了。我希望他们打她,来一次打她一顿,让她从此再不敢踏进这个家门。他们却是那般地畏惧她,畏惧到讨好,以便让他们不再面对难堪。这样一来,等于是我一个人孤军作战,既没有友军,也没有掩体,我要赤手空拳面对这个庞然大物。

我决心替我的母亲复仇,没错,是复仇。我母亲历来没有表达过,可我觉得她心里对她是充满怨恨的。可巧那天我放学稍早了一点,看见她把自己关进我父母的房间里,打开了我母亲的木箱。那是母亲和父亲结婚时我父亲的樟木箱子，后来成了我母亲的爱物，无论添置了多少个柜子，我母亲一直将她的细软放在那只箱子里。户口本、粮票、布票、肉票等各种票据，还有每个月的工资。我母亲将这些压在她的几件好点的衣服下边，需要用的时候就打开盖子摸出一张。箱子没有锁，除了我母亲，家里不会有人动那只箱子。那里面是一家人的吃喝用度，关系重大。此刻箱子被打开，她粗暴地翻扯箱子里的衣物。我进去时她没看见，她抓起我妈的一件浅色衬衣擦她的鼻涕。她的鼻子似乎有毛病，一年到头堵塞着，以至于说话瓮声瓮气，擤鼻涕的声音时不时地充斥着整个屋宇。她对着那件衬衣擤鼻涕的声音巨大，铆足了愤恨，吓得我差点儿夺路而逃。我扶着桌子颤抖着呵斥她，你在干什么？我因为害怕，嗓子发出陌生的声音，干哑而凄厉。她吓了一跳，看见是我一个人，神色由惊慌变成了仇恨。她摸出我们家的户口本，大约也就认识那几个字。她说，看见没有，要不是你妈，这本上应该写的是我妈和我的名字！她用另一只手挥舞了一下。她的力量太大，犹如一股旋风，一下子搅动了屋子，整个房间的东西都动起来。我接连后退好几步，被震得想呕吐。她霸道地咬着牙拨拉着箱子里的东西说，这些，还有这些，都该是我和我妈的！

我的手不自知地挪动着，拼上全力抱起了桌子上的开水瓶。水瓶中午刚被我母亲灌得满满的。她丝毫没感觉到我动作的危险，继续说，你妈是个坏女人，她抢走了我妈的男人！我的一只手已经打开了瓶塞，热气溢出来，烫了我一下。正当我使足力量要动作的那一刻，身后伸过来一只手，稳当而又用力地夺走了那只热水瓶，盖子也被夺过去旋即盖好。是我母亲。我看见她进来，憋着的劲一下子散了，委屈地大哭起来。我说，她……我母亲不看我，好像什么事都没发生。我妈说，你们孩子家，在这胡闹什么？

我仰头看着我妈，心中暗暗恨她。我恨我妈的言不由衷，这都说的什么啊？她算是什么孩子？是谁在胡闹？你为什么不任由我拿开水泼她？我幻想她被开水烫得皮开肉绽抱头鼠窜的样子，该多么解恨！她在这里干坏事，你干吗不抓住机会好好训她一顿呢？难道我妈心里真是什么都没有吗？我记得姥姥说过她，启明他离婚八百年才娶了你，别心里总是过不去！我妈说，话是那样说，谁不是一辈子啊？

对啊，谁不是一辈子啊，为什么就我们该受屈辱？

没等我说其他的，母亲就用手势坚决制止了我。我妈对她说，这是你爸的家，也是你的家。你随时可以来，想住多久就住多久。但是，大人之间的事情你大约也不是很清楚。你也到了要成家的年龄了，凡事总得多想想，你爸是给你生命的人，他和你妈离婚是他们的事情，你该明白，我和你还有你妈妈之间是没有仇怨的。

我不知道母亲为什么要说这些，她为什么要这样憋屈着？与其这样，还不如和我爸离婚算了。

但我母亲当时就说了这些，一句重话都没有。母亲的语气一如既往地平和，甚至还有点刻意地字斟句酌，害怕哪一点说得不妥当。对于这个比她还高大的继女，其实她完全可以不接受。她有自己的妈，她妈又不是死了。她父亲和她母亲离婚后，她断给了她母亲。她没有道理管我们的母亲叫妈，我妈亦没有责任照顾这个已经成人的前妻的女儿。我希望她把这些道理说出来，让这个女的清醒清醒。可我母亲情绪稳定，态度诚恳，嘴角甚至微微上扬，好像面对着的是她的工作对象。她这样的神情是她最好看的模样，她在微笑，甚至有点抱歉。

这个时候，我的两个哥哥也放学回来了，他们很可能已经在门口听了一会儿。我哥哥说，爸的通讯员刚过来送信，爸晚上去地区开会了，后天才能回来。然后，他们俩也站在门口看着那个女的。她还在敞开的樟木箱子前站着，大概也不知道该如何收场了，索性扑在地上撒起泼来。她弄乱自己的头发,脸上身上滚得都是土。她哭着说,我爸不在家,你们一家子合着伙子欺负我啊!

我第一次看出了母亲脸上的不耐烦,我宁愿相信那是厌恶。但肯定不是,母亲一辈子都不会那么恶毒。母亲说,你要是想哭就哭一会吧。然后,扬手招呼我们都出去了。母亲洗了手,照常做一家人的饭。那天晚上吃的葱花油饼,一张饼里扑一个鸡蛋,一人一张,那厚饼大得像锅盖一样。我祖母那一张只放了葱花没放鸡蛋,她不吃荤腥,连鸡蛋和牛奶都不吃。那个女的像没事人一样,吃了一张,说她没吃饱。我母亲把自己的饼推给她说,你都吃了吧,我不饿。我看着母亲一直坐在那里,只喝了一口汤水,连筷子都没动一下。

像往常一样,那个女的走之前提了一大堆要求,一件格子布上衣,一条绿围巾,两双袜子。她还要一条羊肚子毛巾,要素的。她强调说,我妈下地干活顶头用的。她跟我母亲说着,母亲只管做她的活儿,不接话,也不朝她看。母亲一天到晚都忙得像只陀螺一样,但是她的这些要求,第二天依然一一得到满足。

接下来的日子就很难熬了,肉票没了,布票没了,剩下的供应粮票买成面粉都不够一家人吃的。我真的回想不出来那些日子是怎么熬过来的。很多年后,我问母亲这些事儿。她想了好一阵子,说一点印象都没有,可能忘记了。

"忘记"是母亲对待苦难最好的武器。我觉得她满足现在的日子,宁可将过去屏蔽。我母亲算是个大智慧的女人。

年底下,母亲才肯给我添一件新罩衣。但从小到大她都不肯给我做格子衣服。莫非是因为那个女的喜欢格子衣服吗?上大学后,我婶儿去上海,给我堂姐买了一件格子呢半大风衣,我十分喜欢,对母亲说了。我母亲却让人给我捎了一件卡其色的,我一直穿到婚后许多年。我老公也很喜欢,夸奖我着装大气。我喜素衣淡妆,是我母亲多年驯化的结果。我母亲没见过什么世面,却知道天然最好。她不喜欢扎眼的色彩,从来不允许我和妹妹穿红戴绿。

我的花季年华,母亲一年才给我添一两件新衣服。那个女的和她的母亲大概永远都不会相信,我们这些城里的孩子,远远没有她们过得宽裕。

我有多么恨她啊!

但为什么只有我一个人恨她呢?大家为什么要一味地妥协,我们欠她什么吗?虽然我满怀着一腔愤怒,但在她面前,我和他们一样不敢说一句硬气的话。我惧怕她,是那种厌恶的怕,就像怕一条蛇或者一只癞蛤蟆。我只是幻想着,能刮一阵大风,把这个女的刮跑才好。

那个女的,她一次次大获全胜。她得意洋洋地把她的战利品裹进包袱的时刻,我展开想象的翅膀,有一种药粉可以撒进她的包袱里,无色无味。她回到自己家里,最好和她的妈妈一起,打开包袱,闻一闻就死掉好了。

单独跟我在一起的时候,祖母就变成了一个真正的祖母,或者是,真正的女人。我能唤醒她,让她回到现世人间。也许,她忧伤着我的忧伤,孤独着我的孤独。她的目光是我看到过的人类眼睛里最诚恳、最纯净的光,明朗,安静,和善,一览无余。后人评说她无爱无恨,他们不懂得,有这样目光的人,她内心里指定有着大爱。

她会教我梳辫子,帮我剪指甲,在夏天有星星月亮的夜晚给我的指甲染色。小桃红的花朵在蒜臼里捣成糊,搅拌进一点白矾粉末。每一个指甲都被花泥糊上,用梅豆叶子裹好,缠上白棉线。右手的星星指头(食指)是不包的,包了会烂眼。我一脸稚气地看着她轻轻翕动的没有血色的嘴唇。奶奶,你给我包上,我试试会不会烂?我祖母连忙摆手,极为神秘地小声说,不中不中,我小时候见过邻居家的小闺女烂眼,一年到头红瞎瞎的。我缩回了手,但我忘了问她,烂眼睛的小闺女是不是包了红指甲呢?

我的祖母轻声细气地给我讲她小时候的故事。后来我回忆她讲的那些故事,常常让我联想到《红楼梦》里的贾母。她姥娘是个大家族的当家人,不甚疼爱一群孙子,独疼她这一个外孙女儿。而我的祖母,活脱一个没了娘的林姑娘。她说她有很多玩意儿,她脖子里有金锁,脚腕子上有金脚环。她姥娘过年时请金匠银匠来家里打玩意儿,打的金磨盘会转圈儿,连推磨的小人都是金的银的。按理说,该男孩是金,女孩是银,她姥娘偏把女孩打成金的。

我们祖孙俩在黑夜里并头躺在床上,像乘着一条船,一起划向她故事里的世界。后来那些玩意儿呢?我一脸神往地睁大眼睛。玩意儿后来都丢失了,她轻轻地说道。我再问,她也不能说得更明白。她说,金子会跑,会在夜晚跑进它喜欢的地儿去。金子喜欢谁,就会夜里跑到那个人的家里去。我没见过金子,她讲故事的时候我就悄悄把头伸到床下去看,我期盼看见一团闪光的东西。我下决心从此做个好孩子,我这样乖巧伶俐,金子肯定会喜欢我的。

我十五岁那年祖母去世了,无病无灾地走了。她两天前明白无误地告诉儿子,她要回老家去——几十年后,她的儿子也是这样做的——并且一辈子唯一一次提出要我，她的孙女儿送她回去。

那时，除父亲外，我竟然是我们家唯一一个回过父亲老家的人。我母亲从未回去过，两个哥哥也没回去过，后来出生的妹妹还小。从一开始，我父亲的老家便不属于我们，他那里有一个离婚不离家的前妻，还有一个女儿。老家的房子和土地都属于那个前妻和她的女儿。

我想，之所以我母亲和哥哥们都不回去，这就是母亲的态度吧。我母亲虽然一路妥协，但她有自己的底线，这底线任何人都触碰不得，包括我父亲。事实上，是我父亲态度很坚决地拒绝我们回去，他将恐惧传递给我们，仿佛老家是一口深坑，会将我们吞没。

我送祖母回到了老家。走之前，祖母自己梳了头发，换上了新的衣裤。白色的，她连送老衣裳都是白色的，单裤褂外面罩一件长夹袍子。袜子也是白的，她只是让我姑姑给她做了一双红棉布绣鞋。她特意交代了，鞋面布不能用缎子。在乡下老家，缎子就是断子的意思。谁说我的祖母不省世事呢！

现在想来，我祖母的一生，过得是多么的智慧和清醒。她打小没娘，她以不变应万变，躲避了世间的一切繁琐。她一生简单明了,有道无术。临终,她将双手合在胸前,像是睡着一般去了。她什么都未曾交代,连我也不敢再喊醒她。

我十五岁的那一年冬天失去了我挚爱的祖母,我到今天依然还热爱着她。

葬礼是我叔叔周启善安排的,他把仪式搞得很隆重,有上百口子亲戚朋友来送殡。长长的队伍,从家门口一直排到坟院。我的两个姑姑哭得惊天地泣鬼神,苗条的身段裹着全身大孝。大姑姑小脚,走起路来真的犹如戏台上轻移莲步的旦角儿。她们漂亮,沉稳,低调,一直到老都肤白貌美。很多人赶来观看,估计大部分都是为了看我姑姑们哭丧。

父亲老家的规矩,人去世了要停灵三天。我在那个从未生养过我的村庄住了三天。它坐落在一条河的臂弯里,绿树环绕,空气澄明,鸡犬之声相闻。我父亲日思夜想,恨着爱着,割舍不掉的土地与河流,载着周家几代人的记忆和梦想。村后的那条河叫颍河,河的下游途经颍口。我的祖上和我,都是吃着同一条河的水生活。

我被安置在隔壁一个新媳妇家里住。我家在村子里辈分高,她喊我小姑奶奶。哪有这么小的年纪就给人当姑奶奶的?我羞红了脸,再三拒绝,她仍是一句一个小姑奶奶。

都说我们老家的水土好,尤其是颍河的水好。新媳妇长得俊,皮肤有红似白。她那么得体,每一句话每件小事都把握着分寸,轻拿轻放,但又透着庄重。新媳妇勤快,天蒙蒙亮就起床,洗衣做饭,洒扫庭院,屋子里收拾得比城里都亮堂。谁能说乡下人缺乏教养呢?那是属于这个地域天然的文化教养,跟她在一起,让人心里说不出来的熨帖。我后来曾经设想,若那拴妮子如她一般,善待我的父母,我和她的关系该会是什么样子呢?

凡事没有如果,只有结果。

那时是冬天,我梳着一条大辫子,穿着卡其色的毛呢长外套,围着长长的白色毛线围巾。我让新媳妇陪我去河边散步,我们从村街里走过。村里人吃罢饭三五成群地立在自家门口闲话,直愣愣地盯着新媳妇和她身边的我。我不敢与那么多陌生人对视,只是低着头走路。隐约听到有人指着我说,这是启明外面那个女的生的。另一个说,可真像周家的人,和她奶奶年轻时候一样样!

谁和谁一样样?我长得竟然像我年轻时的祖母?我第一次也是最后一次听人这样说起。

猝不及防地,在从村街往家拐弯的岔路口,我遇见了拴妮子和那个叫穗子的女人。我第一次见到她,心突突地跳,一身的血都涌到脸上。她老得已经面目模糊，神情让人憎厌。看见我，她丝毫没有陌生感。也许我在她的脑海里已经出现了千百次，她见到我只是其中的一次而已。她用奇怪的尖利异常的嗓音和我招呼着，像是埋怨一个久违的亲人，咦，这妮子可回来了，早该跟你姐回老家住几天。我一时惊得答不上话来。她却又说，这老家也是你的家，我不待见你妈，又不关小孩的事，你怕我做什么？

天！什么狗屎逻辑，她凭什么不待见我妈？好像我们的生活是她施舍的一样。我又为什么要回这个和我没有一丝瓜葛的老家？我满脸愠怒地避开她，她却不知羞耻地追上来，肆无忌惮地摸我的衣服。我表面淡定，内里心惊肉跳，她再嘟嘟囔囔地说些什么，我基本上没听明白，但有一句话我听得清楚：唉，福都让你们享了！福都让你们享了！但她说她的，我装作听不懂，完全不搭理她，也不理她的女儿。她却大声地叮嘱女儿，跟上，快跟上你妹子，她走哪你跟哪！

凭什么要跟着我呢？

为什么要跟着我呢？

好像有人把一把冰碴儿塞进我裹得严严实实的衣服里，我在她的话语里恐惧得毛骨悚然。那是一种对未知的恐惧，我不知道接下来会发生什么，也不知道该怎么应对。

好在那个新媳妇跟着我，她不温不火地笑着跟她们说话，然后揽着我的腰往回走，算是把我从这个危机里解救了出来。但是我们刚刚到家，那个女的就跟过来了，果真是一直黏着我，我吃饭睡觉她都紧盯着，一步不落。我来时带有自己的毛巾香皂和润肤露。新媳妇借给我一个新脸盆，早晚都给我打来热水，我用它洗脸擦身子。每当水打来，那个女的便扑过来抢着和我一起洗，她用我的毛巾擦脸，厚厚地涂抹我的润肤露。我几乎要叫喊出来。我素来洁癖，在家里连母亲也是不能动我东西的。我恨不得想把毛巾扔掉，连脸盆也一起扔掉。但是在这穷乡僻壤，丢掉了这些东西，连个脏的都没有了，我用什么呢？我想端起盆子朝她身上泼去，寒天冻地的季节，冻死她才解气。却似乎听见我母亲在来之前告诫我的那些话：你去了那边，可不似在家里，不能由着自己的意儿。母亲是在明示，父亲老家那边不是我们的家。母亲说，凡事一定要忍，不能让村里人挑了理去。我哭了，哭我自己，我为生命里的软弱而恼羞成怒。新媳妇却哧哧地笑着，并不帮我去劝说或者阻拦那个女的。其实后来想想，我怎么能指望一个和我相识两天的人帮我主持"公道"呢？也可能在她眼里，我们原本就是姊妹俩呀！或者，这就是乡村智慧的一种，他们知道什么事情该拿捏到什么分寸，毕竟我与那个女的之间，比跟她关系更近一些。我们同一个父亲，打断骨头连着筋。

　　我悲愤莫名，但也得时时在我妈的告诫里隐忍着。到了祖母出殡那一天，我终于借机哭了出来。你们欺负人！你们欺负人！你们欺负人！我对那个躲在暗处像鬼魂一样的老女人喊道，我对不离我左右胖大虫一样的那个女的喊道。我其实真正伤心的远不是这些，整个葬仪期间，穗子一直都跟在我父亲身后，亦步亦趋，充当长媳的角色。我似懂非懂，这个叫上周村的地方是她的戏台，舞台的边界甚至在不断地扩大蔓延。漫长的几十年里，虽然她蜗居在此处，但她一直控制着我父亲，并企图通过父亲操控我母亲和我们的家庭。她知道什么时候该出场，什么时候唱红脸或者白脸。她玩弄我们于股掌，难道不是吗？这个疯子一样的女人，她在岁月里衰老，亦在岁月里沉淀，她变得如此衰微，却又如此强大。她已经不再害怕我的父亲，她的坚持显得从容不迫。

　　家乡，土地，村庄，河流。院子里我老祖栽种的树木粗壮而挺拔，它见证着周家的荣辱兴衰。我父亲说，那树的名字叫柏，柏树。

　　很多年了，父亲没有主动跟我拉过家常。可是在故乡的土地上,他有话要说。但终究,我也不是那个他可以说话的人。很快,我们便又拉开了距离。

我骤然清醒,我不可能替我的母亲争取到什么,这里的一切,都和我的母亲没有任何关联。她不属于这里的时间,也不属于这里的空间。

我母亲属于哪里呢?我母亲该怎么办?

在故乡,我父亲走完了送母的程序。我觉得,他完全是按照穗子的剧本在演出,可能有很多年里他不会再回到这里,但终究像他母亲一样,最终他还是得回来。这是穗子剧本的一部分。像过往一样,我父亲始终还是没有态度。对待穗子,像对待穗子的女儿一样,他不与穗子搭言,也不干预她的任何行为,他不想为她们多说一个字一句话。他一辈子都不曾爱过她们,但他一辈子都欠着她们,怕着她们。

我极为担忧,将来穗子死了真的会进周家的祖坟,会埋在我父亲的身边吗?

我可怜的母亲呀!

葬礼上的事情我一点都没敢告诉母亲,但我母亲也从来没问过。她坚持着自己的生活哲学,人不惹是非,是非就不会惹人。其实当时我已经暗暗打定主意,即使她问我,我也会说,很多事情,很多人,我不认识,也记不住。我怕她难过，我愿意替母亲承受这一切，为她而担忧。忧愁在漫长的时间里像一盘石磨，沉沉地压了我几十载。

7

我女儿用手指了指那个女的，悄悄地问我，那个女人是谁？她是个大姑娘了，但除了研究偶像剧，她一向懒得过问任何闲事。我想了想，应该让她了解家族的事情。我看着这个孩子的眼睛认真地说，她是你姥爷和他前妻的女儿，是我同父异母的姐姐，她叫周拴妮……

哇！我姥爷还有个前妻耶！她表现得一点都不吃惊，甚至还有点儿幸灾乐祸。我无奈地望着她，像她这般年纪时，我觉得我已经成年。她和我们，不像是一个人类。我说，你应该喊她姨。她淡漠而又不屑地说，可别让我喊她姨，也别让我认识她！不管她是谁，跟我没有关系。我是不会认你们家这些化石亲戚的！我想再说点什么，她已经戴上耳机找她的表姐表哥们去了。

第二天是我父亲的追悼会，仪式结束后再行火化。把所有的环节都安置妥当，已经是晚上七八点钟了。虽然宾馆提前备好了一桌饭，但没谁有心情吃。想想父亲明天将投身火海，化骨成灰，大家连说话都是轻声轻语，害怕惊吓了魂灵。帮忙管事的朋友劝说道，饿不饿都要吃一点的，否则怕身体顶不住。别的亲戚朋友都早早吃完了自助餐，剩下我们兄妹几个一起，刚好再捋一下有关仪式的细节。让我特别不高兴的是，我的那个姐姐拴妮子，却仍然坚定地等待着，她已经先我们坐到餐桌上，而且还带着她的两个女儿。对于拴妮子的几个孩子，我还是要礼让三分的。他们学习成绩都非常优异，将来以自己的努力和智商，保不准谁会是我们家族的人物。对下一代的期许是近年来我最心心念念的一件事儿。女儿嘲笑我说，这是我衰老的象征，是我退出江湖的预兆，我将被时间和时代所抛弃。

最终我还是和她们坐在了一起，我拿起筷子招呼她们，说，吃吧！我的这位一向吃饭迅捷果敢的姐姐却迟迟不动筷子，她看了看我，再看看我两个哥哥，目光如炬。我感觉像被烫了一下，仿佛不小心与一条蛇对了个眼神，那种恶心与恐惧翻上翻下，我恨不能将手中的筷子变成刀枪。因为这几天朝夕相处而增加的那点儿亲情，突然之间又不翼而飞。

明天咱爸就要火化了，今天有点事情咱们几个要说说。

是她在说话，我心中震了一下。别忘了有一盘磨一直沉沉地压在我心底。我都这岁数了，还依然脆弱不堪。想想父亲的另一个女人，还有他坐在我跟前的这个女儿，他们在我心底留下的是何等浓重的阴影！我看着她，做好随时发飙的准备。父亲选择火化后葬回老家，葬在他母亲的脚头，这是我父亲的安排。父亲不在了，后来的事情将由我们来安排。这些事情，我们不用他们管，他们和我们一点关系都没有。所以我做好了心理准备，她提什么我都不会答应她！是到了该清算的时候了！我面如铁，心似钢。

可是，她说出来的事情却让我们哭笑不得。她说，咱爸明天就要火化了。他活着的时候，每个考上学的孩子都给两万块钱学费，年节里还会给个红包，算是生活费。咱家雁来接到硕士录取书几天了，算不算再考上一次大学？咱鹏程在武汉的开销也大，将来还有老四的钱……她叹一口气，拖了很长一个间隔，我一直想说说这事儿。趁着咱爸还没埋，今天咱们就说开了，好歹给我们一个话儿。

我长出了一口气，几乎想大笑一声。我的笑声肯定会声震屋瓦，把几十年心中的积郁震得粉碎。但我忍住了，不等哥哥们开口，便睥睨地看着她说，既然我爸这样做了，我们自然不会改变他老人家的初衷。你这样着急，是怕人化了我们不认账吗？那就按我爸的标准，这两万我来出！我从包里拿出两万给父亲处理后事备用的现金拍在桌子上，看都没看她一眼，然后从包里掏出湿巾仔细地擦了擦手，拿起筷子夹了半碟子凉拌木耳和桃仁。我吃得很细心，好像面对的所有问题，就是眼前盘子里的菜。吃了一会儿，我见大家都迟疑地看着我，好像在等我的下半句话。我放下筷子，冷笑了一下说，没什么事儿了吧？就这样了，既然你把爸抬出来，就按照爸的先例办。别的，请免开尊口。我补充说，你若是觉得不行，我先收回。我边说，边看着那两沓钱。她看看钱，又看看我，脸像被暴雨袭击一样张皇起来。大家就那样愣住了，不知道接下来话该怎么说。估计这个事儿在她心里不知道翻滚了多少次，她没想到会是这样的结果。她想要的和所得到的难道不是这些？大家都傻了。反应过来的周拴妮说，别！她把钱迅速收进她阔大的裤子口袋。她穿着一条皱巴巴的肥得布袋一样的棉布裤子，钱塞进口袋像是掉进了一个无底洞。

我面带笑颜，轻蔑地看着她。正要重新拿起筷子，她那个大一点的女儿突然瞪着我说，姨，我们不是来要饭的！

谁说你们是要饭的了吗？我并没有停下手里的筷子，头也不抬地说。

那大一点的女儿异常激动地站起来，愤愤不平地说，姨，您是个体面人。您这样做合适吗？你姓周，我妈也姓周！你爸是你爸，也是她爸。凭什么这个爸挣的钱该留给你们，不该给我妈和她的孩子？

天！她们一直在算着这个账啊，算了几代人了。

那好吧，是到了该说清楚的时候了，那就正好借这个话头算一算账！我把筷子啪的一下拍在饭桌上，用手指指她，再指指她妈。我想起我黑暗的童年，想起那个下午，想起户口本的事情，想起她恶毒地朝我母亲的衬衣上擤鼻涕。我低沉而又严厉地说，你妈的爸，不，我们共同的爸，只不过是个离休老干部。他这一辈子挣的钱也只够养活几个孩子，其中也包括你妈和她的孩子们。现在，我爸死了！他也算你妈的爸？我爸给了你妈生命，这没错，可你先问问你妈，她到底孝敬过她爸什么吧。

我的两个哥哥同时站了起来，他们护着桌子上的东西，生怕我抓起什么朝她们砸过去。我也舞动着胳膊，将他二人划拉开，继续对着这个叫周拴妮的女人嘶吼，你一直都在向他索取，父亲给了你生命，这是他的错吗？以我看这是一个天大的错误，因为他生了你，他就欠了你的债！这债，他一辈子都没还完，还得他的孩子接着还，是吗？我的声音高起来,脸憋得通红。你觉得,你爸抚养你一直到他死,都是理所当然的?作为女儿,你给父亲回报过什么?哪怕洗一双袜子端一碗水,有过没有?你对你的这些孩子们说说,你尽过一分钱的孝道吗?凭什么你们就该得到?

我还没说完,几十年的话说起来太长了。压在心底的是包括我哥哥都不知道的秘密,关于那个老女人的誓言,关于父亲去世后和谁葬在一起。这盘石磨,我找到了卸下它的支点,此时此刻,我只能任由情绪倾泻而下。但我只顾着自己痛快,却没看到我女儿和侄子侄女几个小孩从什么地方冒了出来。

没有人看不起你们,因为,根本就没人看你们!

这是我女儿的声音,这孩子说话从来口无遮拦,没心没肺。大哥不想让事情变得不可收拾,他想息事宁人,急忙站起来轰孩子们出去。大哥说,去去去,大人说话,哪有小孩插嘴的地儿?我侄女指着那个女孩说,是她先说的啊!她们也算周家的人?凭什么算?

大哥一下变了脸,大声喝道,都出去!

估计我女儿从来没见我这么气愤过,她神情更加刻薄起来,走出门口了,她又突然回头对着那女孩补了一句,贱!

几个孩子笑起来,像一群鸟一样吱吱喳喳。我姐的女儿,那个已经考上硕士的孩子,哇的一声哭出声来,疯了一样地朝黑暗中冲了出去。我两个哥哥见状也连忙跟了出去。那一刻,我并没有感觉到女儿的话有多刻薄和恶毒,心里反而有一种快感。这孩子的表达总是那么准确,她说出了我多少年一直想要说的那个字。

可当我回头看看与我相邻而坐的她,连日的疲惫已将她煎熬得面目不堪,明亮的水晶吊灯更是放大了她的丑陋。如此熟悉却又如此陌生,无论我承认不承认,她都是我同父异母的姐姐。她委顿着,似一朵衰败的残花,不,是一坨破旧的棉絮。她瘫在椅子上,茫然,丑陋,孤立无援。她就那么坐着,一句话都没有,她的模样却着实让我心中翻起惊涛骇浪。

我们是同一个父亲的孩子!

我们是吗?

我们不是吗?

天!我好像从未认真思量过这个确切存在了几十年的问题。

我心中突然生出一阵伤悲,我们斗了一辈子,分出什么输赢了吗?或者说,即使分出了输赢,胜利者真的胜利了吗?而且那大约是父亲最不愿意看到的结果。如果父亲还活着,看到今天的场面他会作何感想呢?她恨我,或者我恨她,说到底,不就是我们共同绑架了一个父亲,在拿我们的父亲撒气吗?父亲走了,我们之间再也无法通过伤害一个共同的亲人而互相仇恨了。难道,父亲的死还不能消弭我和她之间的一切吗?

那一瞬间,心里竟然涌出某种温情。是的,我无论做什么,都无法改变"那个女的"是我的姐姐这样一个现实。我收敛一下情绪,朝她努了努嘴,意思是还不去追?她完全不看我的眼色,突然坐起来,重新抖擞精神,好像什么都没发生一样,拿起筷子大口大口地吃起东西来。两万就两万吧,雁来先交了学费再说!天,这事儿远远没有算完?她掰开一个馒头,狠狠地塞进去半碟子卤牛肉。她的斗志仿佛一下子又苏醒了,要么她从未放弃,要么是我再次激活了她。

那一刻,我们俩各自心知肚明。其实,"贱"这个字,我几十年未曾说出口。原来她一直是在等待着,一直在构筑着这道心理防线,等待着这最后的一击。我们都知道,那是我最后一颗子弹。

然而,如果是她这样骂我呢?我还能若无其事地咽得下东西吗?

她强大如斯。我脆弱如斯。这是我这几十年的病根。

我低估了她的智商。

那么多那么多的花圈，挽联上挂满了哀思。来来往往的人群和车辆，空气里飘浮着周而复始的安慰话语，甜腻得像蛋糕边上的奶油。这宏大的仪式只不过是表示我的父亲死了，他从此在喧嚣的世界里消失。

我母亲说，父亲的追悼会是她参加过的所有去世的老同志里最隆重的一次，不但来了那么多领导，还有很多不认识的老百姓。她暂时停止了哭泣，一时的自豪掩盖了伤悲，她脸上甚至露出满意的神态。来参加追悼会的人，只要认识我母亲，都会拉着她的手赞许，你们老两口人缘好，大家都念旧情，怎么也得过来送送老领导。我母亲感动着，差点忘记自己丈夫的秉性。她守了他一辈子，一辈子就是老倔头，说话像刀砍斧劈一样，竟然真的会有这么好的人缘？

难道不该有这样好的人缘吗？仔细想想，我父亲虽然脾气差，对待下属要求严苛，但从来都是对事不对人。而且谁要是遇到为难的事求到他，他从不推辞，能使十分力决不用九分半。他办事干脆利索，解决不了的问题他会直接告诉你，绝不说虚话套话。

父亲躺在棺木里，淡定而从容，毫不谦虚地承受来自四面八方的各种赞誉。他的秉性，表现出来自然就是耿直、朴实、直接。

他有多直接，没有谁比我更铭心刻骨。

而我母亲又哪能不知道，许多人是为着他的孩子们而来。有一句老话怎么说来着？三十年前看父敬子，三十年后看子敬父。我两个哥哥在小地方上算是很有头脸的人物了。至于我，在艺术界也算功成名就，有一定的影响力。人，活的就是个面子，所谓奋斗，不过是一己虚荣。我们是父亲的荣耀，儿女是我们的荣耀。朝深处想想，不得不承认，我之所以在父亲的葬礼上接受了拴妮子，难道不是因为她生出一堆争气的孩子？这几年她出尽了风头，孩子们不是省状元就是市状元，十里八乡都传为佳话。她已经不再是旧日那个大字不识几个的拴妮子，也不再是给我们带来耻辱的父亲前妻的女儿。她变成了周家的女儿，给周家带来了荣光！

追悼会结束，父亲被送进了火化炉。那一瞬间骨肉分离的疼痛，每一次写出来都不尽相同。你眼睁睁看着自己父亲饱满的肉身瞬间成灰，而就在三天前，他还能说话，能吃一个鸡蛋，喝一杯牛奶。死亡是多么决绝，残酷得不留丝毫余地。这最后的告别，能衍生出一百种感触，别以为日子久了就淡了，淡的只是表层，内心的伤痛轻轻一触就让人痛不欲生。等待骨灰出炉的那一刻，我匍匐在殡仪馆灰尘满布的土地上，哭得声嘶力竭。我名贵的焦糖色的真丝衬衣和白色牛仔裤委身尘土，体面丧尽。

在生死面前，体面又算得了什么呢？

父亲的葬礼隆重而克制，这是我两个哥哥的功劳，他们是能让我父亲满意的儿子，体面，作风谨慎而且低调。而我姑姑的儿子、父亲的几个外甥，企业做得都很大。他们是改革开放的受益者，少年时因为家庭成分吃了不少苦，但他们头脑灵便，吃苦耐劳，抓住了时代给予的机遇。他们出生时背负着富裕阶级后代的污名，成长过程穷困多难。幸而他们赶上了一个新的历史时期，赶上了高考，赶上了个体经营。他们通过努力，重新变得和先祖们一样富足。他们成全了母亲的想法，雇了几辆大轿子车，拉着亲戚们浩浩荡荡地送父亲回老家下葬。一向与世无争、低调内敛的母亲为什么坚持给父亲这样操办，她始终没给我们说，只是反复强调不想让父亲的骨灰被移来搬去，入土为安。我们兄妹几个都没提出异议，我们得依她的意思办，否则她会醒睡难挨。

父亲去了，现在只剩下一个母亲了，我们不想再留下遗憾。

谁能想到，那是第一次，母亲和两个四十多岁的哥哥都是第一次回到父亲的故乡。他们因为安葬他,别无选择地踏入他的故乡上周村,我们填写籍贯照例要写上的一个地名——某某省某某县某某乡某某村。它如此陌生,也如此坚固。我偷偷窥看我的母亲,她面容忧伤却极其平静,处变不惊,哀婉动人,我看不透她的内心。她是一个穷苦人家的女儿,一个以革命的名义存活于世的人。她或许一辈子都没弄清楚革命是什么东西,但她非常清楚,她是一个彻底的唯物主义者,她拥有了我父亲完整的人生。我的母亲是我父亲朝夕相处的爱人加同志,这还不够吗?她陪伴了丈夫一辈子,为他生养四个儿女。反过来说,我父亲是我母亲革命一辈子唯一的成果,其余的,还真不好说。

前边说我父亲管钱却不肯花一分钱,险些漏过一件我们家庭生活里的大事。我父亲享年七十九岁,在他七十岁那年,突然给家乡的官员写了封信,申请一块宅基地。他的申请因为不符合政策没被批复。但是地方领导回信说,他们家的老宅子还在,原本想辟为红色教育基地,因为其中一些被村民占用,再加之资金问题,所以一直没能动工。他们答应为我父亲要回一部分宅基地,并随信寄去了半亩宅基地的新村规划书。对于此事,父亲母亲意见高度一致,没有征求我们兄妹任何一个人的意见。父亲给我的叔叔周启善汇了五万块钱,他让弟弟委托村里管事儿的,在那半亩地上盖一座屋。这对于多年没花过钱的他来说是一笔巨款。等我知道此等奇事的时候,工程已经在很久之前就结束了。我那时觉得他完全无厘头,我们几个孩子大约一辈子也不会去他乡下的屋子住一次。有一刻我甚至觉得他盖这个房子是想留给拴妮子,作为对她的补偿。若是如此,我母亲态度为什么也这么积极呢?

最终,我觉得父母亲的考虑还是比较有前瞻性的,如果没有这个房子,父亲真是连挺尸的地方都没有,真的要放在穗子住的老屋里了。自以为是的我,从来未曾想过安葬父亲是要有屋舍停放灵柩的。而这一切,父亲和母亲分明已经预谋长久。

父亲的灵棚就搭在了他新建的院子里,三间阔绰的正房,两间东屋。我叔叔不知从哪里竟然移栽来一棵硕大的香樟,据说有三十年的树龄。大树的两侧种了两棵小腿粗的樱桃树,看房子的乡人说,今年的樱桃好,一棵树结有十多斤果子呢,可甜了!太奶奶明年可以回来吃樱桃。那年轻汉子虽然长着一张精明的脸,但是看起来很憨厚。这称呼显然是我们家族哪一支上的晚辈。我想象着那一树的甜樱桃,果季早已经过去了,树却像是分娩后的年轻媳妇,轻盈而舒展，叶片柔柔地在炎热的光照里闪着翠绿。院子的中央青砖铺地，两边菜畦里生长着旺生生的应季蔬菜。边角处散落着几株茎干粗大的小桃红，枝冠阔大，狭长的叶子上托举着一树艳红的花朵。眯上眼睛，仿佛能看见我的太祖母、我的祖母笑逐颜开的身影。这绝不可能是五万块钱所能完成的工程。对于我父亲，我叔叔一辈子都在查漏补缺，努力成全着这个不谙世事的哥哥。这次也肯定在我父亲的愿景里下足了功夫。眼泪陡然间无可遏制地流淌下来，父亲这些年一直想回老家看看，一次次被我粗暴地制止了。他的身体如何能承受长途劳顿和乡村生活的粗糙？这是我一次次无懈可击的理由。

我父亲的屋，大约是他平生为自己干的最大的一个工程，他却一眼都未能看见。那一刻我跪在水晶棺前哭得撕心裂肺，对待父亲，我一辈子还能有多少忏悔？

灵柩停在堂屋的正中央，我母亲端坐在父亲的右侧，满意地注视着里里外外的一切，那院和屋看着竟然是她所熟悉的。是的，她陪伴丈夫一辈子，老家的一草一木她都耳熟能详，她用耳朵将所有的一切镌刻在心里。

那个叫穗子的老妇人已经风烛残年，她还活着，依然住在不远处的老宅里。拴妮子已经另盖了二层小楼，她母亲却拒绝搬迁。当年太祖母亲自监造的老屋几经翻修仍然完好,它令我父亲无比自豪。一九三八年,蒋介石炸开花园口以阻挡日军的进攻,全村的房子都被冲垮,唯一未被毁坏的就是生养他的那所砖瓦屋。我奶奶请的是亳州的工匠,他们用糯米汤加石灰砌墙,房梁和檩条用的都是原木,一块砖比别人家的贵一分,屋墙加厚了足足半尺,冬暖夏凉。父亲的祖母盖房子的时候就发狠,得让子孙住一百年都不坏……一家人团聚的时候,父亲喝了酒,一遍遍絮叨此事。直到我母亲终于不耐烦了,他才觉得失口了。他险些忘记了,那老屋里还住着一个曾经属于他的女人。于是,立马就闭了嘴。他醉得很清醒。

穗子坚守着老宅,守着她的执念。她二十出头进入周家,几十年里坚守着一个执念,其实是妄念。为了守住她户主的地位,她给唯一的女儿招了一个上门女婿,坚决让女儿的孩子都姓周。她恨了老周家一辈子,可也极为忠诚地守护了一辈子。

其实,认真想想,她不过是我的另一个母亲,或者说是我母亲的另一个面目。她们二人用一辈子的生命维护的,不是同一个人,同一个目标吗?

从开始知道父亲要跟她离婚时起,穗子就坚信父亲一定会回到老家安葬。而父亲也坚持回到老家葬在母亲的脚下,是不是一种默契呢？饶是如此，我母亲将置身何处？父亲死了，很多问题不是得到了解决，而是永远都无法解决了。他到底是怎么想的？他把这个难题交给了活着的我们。

如穗子所愿，她从一而终的男人终于是死了，终于是拉回老家埋进了祖坟。如果她像安葬我祖母时那样，霸拦着她的上周村的位置，我们将如何面对？我的内心不是没有恐惧。她就在不远的老宅子里，但却自始至终没有露面。她太老了，老得爬不起来了，但是脑子还清醒。我想象着，她歪仄在床上，时时刻刻听着孙子孙女们传递回去的葬仪的消息，还有那一家子的风光。儿子正是壮年，器宇轩昂。女儿说话掷地有声，威风八面。连县委书记都亲自出面代表家乡表示悼念，三乡五里的人都来看葬礼。而他后娶的那个女人，就是那个叫朱珠的女人，是个很气派的妇人，哀而不伤，不言自威。那个气势，真像戏里的佘老太君呢！

她被接踵而至的消息煎熬着，也抚慰着。她把周启明熬死，却也被周启明的死，周启明葬礼上的各种消息揉搓着。她像一棵河边的老树，紧紧地抓住身下的泥土，但还是免不了被生活的洪流冲得载浮载沉。或许就在那一天，她突然就松手了，认命了。不是屈服，是认命。

一年后她才撒手人寰，死前叮嘱拴妮子，把她葬在自家的田头。隔着一条田埂，埋着一个叫庆凡的人。他原本不姓周，但我们都叫他大大。两个人的坟墓相距一步之遥。周庆凡一辈子未娶，他的心思在上周村无人不晓，但也许没一个人能够晓得。拴妮子为人妻，为人母后，她能懂吗？庆凡一辈子除了种自家的几亩地，就是牲口一样为她们母女俩卖命。后来拴妮子有了孩子，都喊庆凡大姥爷。按年龄排，我父亲在庆凡之后。大姥爷一辈子的积蓄，全都留给了拴妮子和她的孩子们。庆凡得的是肺结核，父亲和叔叔把他接到城里，结核治好了，却死于心肺衰竭。我叔叔周启善安排了庆凡的后事，他给庆凡打了一口好棺木，丧事办得也极为隆重。他的地紧挨着拴妮子家的地，他也是死前特地叮嘱，把他埋在自家的地边上。

　　拴妮子对庆凡的感情，远远超过了父女感情。几十年里，她在我家出出进进，从未见她掉过泪。我父亲的葬礼她也始终是一滴眼泪不落。可是村里人说，庆凡死时，她哭得地动山摇。棺材下墓坑那会儿，她往墓坑里跳，几个人都拉不住。她还逼着自己的丈夫给庆凡大大当孝子摔老盆——拴妮子为丈夫生了四个孩子，在丈夫跟前，她说一不二。

　　我有时候在深夜里陡然惊醒，是梦见少年的我，将满满一瓶开水掼向拴妮子……我梦到拴妮子躺在我的床上，我母亲那时已经老了,拴妮子大声对她喊叫,给我烙一张油饼,给我烙一张油饼……我梦见我奶奶的葬礼上,我将拴妮子打倒在地,所有认识我的人都在为我加油喝彩……

父亲死了,穗子死了,庆凡也死了。他们各有所归,他们之间的恩恩怨怨就这样了结了?我当时就是那样想的,我们家再不会和拴妮子她们有任何联系了。

办完父亲的后事,走之前我母亲亲手交给拴妮子五万块钱,说这是你爸交代了的,给下面俩小孩的学费。其实,父亲根本没有交代,我们都知道。但我愿意看到我母亲那样的姿态,当她向拴妮子伸出手的那一刻,像生命最奋力的一次腾跃,那英勇而光辉的图景,抹去了她一辈子所受的屈辱。

8

如果你所期待的遂你所愿,也未必是你想要的结果。比如拴妮子,她渴望父爱。如果她一直跟他生活在一起,他又能给她多少爱呢?

拴妮子的母亲恨朱珠和朱珠生的儿女。是朱珠夺走了她的丈夫。而朱珠儿女所拥有的父亲，原本应该是属于拴妮子的。穗子和周启明一生的交集，总不过是十几天而已。那时的周启明才十五岁，几乎心智都不曾成熟，他会是一个什么样的丈夫，又会是一个什么样的父亲呢？

事实上，朱珠从来不曾指靠过丈夫，或许是指靠过，靠不上才放弃了的。周启明比朱珠整整高出一个脑袋，他肩宽背阔，高大俊秀。以现在拍婚纱照的比例，两个人靠在一起该是和谐而浪漫的。他们俩做了一世的夫妻，在人前手都没拉过一下。我敢保证，绝对一下都没有过。明媒正娶的夫妻，一起走路都会撇得远远的。再说了，朱珠同志也非常忙碌，她没有时间和丈夫一起走路。她忙得像个陀螺，她和他一样要工作，甚至她所要承担的工作比他还要琐碎繁杂。有那么几年，我父亲一而再再而三地被打倒，母亲也被他连累，被下放到市场去卖过菜，到食品厂做过糕点。她安之若素，并不觉得委屈。她承担了家庭劳动的全部，但那是她该尽的义务。她是妻子，她是母亲。没有谁会觉得要对她心怀感激，连她自己都接受了，家庭是她的责任。一家人的一日三餐，衣服鞋袜，都得由她一一想办法解决。完全可以说是她独自一人拉扯大四个儿女。她没有生过病，是没有时间生病。夜晚头疼欲裂,她爬起来给自己冲一碗红糖生姜水,蒙住被子发发汗,早上还得准点起床做早饭。有的要上学,有的要上班,仿佛只有她一个是无业人员。当然可以想象,饭菜的简单粗糙,衣服的粗枝大叶。我一个正在花季的女孩子家,有时候脱了棉袄就是小布衫,或者把棉袄里的棉花掏出来,改成夹袄,春秋两季就对付过去了。她做的鞋子永远都是黑色蓝色,男孩女孩都用同一块鞋面布。她没有时间挑选花色,而且这样可以节省很多,老大穿过的,老二还可以穿。老二如果也没穿坏,就轮到我了。有时候我赌气问她,谁见过女孩家穿双黑鞋子?她就一本正经地教导我,不就一双鞋,有啥好看不好看的?穿花穿红土气得不得了,不适合咱们这样的家庭。

可是,没人告诉我我们这样的家庭又是怎样的家庭,跟别的家庭到底有什么不一样?

有一年,家里来了个巧手的姨姥姥,给我做了一双洋红方格子的方口带襻鞋子。我爱惜得很,天阴下雨都舍不得穿。可毕竟是双布鞋,鞋底子不耐磨,脚底板上很快磨出了个洞,但从上面看不出来。我就坚持着穿,看上去无碍,但是不能跑,稍微走快了就不行。有时候一粒石子钻进来,就得脱下鞋子弄出来。当着同学的面又不好意思,就忍着痛让它硌脚。

上了中学我才有了秋衣裤和毛衣,毛衣是母亲亲手编织的。我的编织技术就是那时开始练成的,九岁学艺,从袜子手套开始,到了读高中那会,一个礼拜能织成一件品质精良的毛衣。那时大商店里开始有衣服卖了,我们学了一个新名词,成衣。但母亲没有舍得给我们买过一件成衣。家中只有一辆自行车,是我父亲平时上班骑的。他把车座调得很高,我母亲骑不了,只好推着去粮店买面粉。她只有一米六多点的身高,一袋五十斤重的面粉怎么放到车架子上都是个事。她推着车子摇摇晃晃地走在路上,我父亲迎面走来,夹着公文包,若无其事地过去了。其实再走不远就到了家门口,他可以回身帮她一把。他不是不帮,是完全没有帮她的意识。父亲并不知道孩子们是怎么长大的,他对我们的关注,就是高兴了喊过来问问作业,表扬几句或者呵斥几句。反正表扬和呵斥都不过如此,只是一种履行父亲职责的形式,没什么大的差别。我比哥哥们运气稍好点儿,我是女孩儿。妈妈做饭的时候,父亲会牵着我的手在家门口附近溜达一圈。有时候他看完报纸,也会教我认识上面的字。他让我拿根树枝在土地上画,周语同。那是我的名字,父亲取的,随了他祖父一个字。我还没有上学,整版的报纸几乎能囫囵吞枣地念下来。

父亲的口袋里总是装着一点零钱,每天给我几个分钱,让我一个人去买糖果。我像个小旋风一样旋出去再旋回来,五分钱可以买五颗硬糖球,也可以买三块牛轧糖。父亲一次次考我,我的完成度显然让他洋洋得意。练习算数就这样从学习花钱开始。我的糖足够分给我的哥哥每人一颗,但是我把它们全部吃掉,因为那是我拿算数成绩换来的,哥哥们只能眼睁睁地看着。我在父亲溺爱的呵呵笑声里得意忘形,他那时很像一个慈父。

我常常去他的办公室玩耍。两个哥哥是没有这种待遇的,他们不敢去,他也不允许他们去。直到有一天,趁他们无休无止在会议室开会的时候,我极度无聊地用蘸水笔在他的报纸上涂鸦。有一张很大的合影,我给里面的好几个男男女女戴上了眼镜,有眼镜的添上了胡子。照片上是谁我完全不认得,后来还是我小哥哥说,里面好像有江青和其他几位国家领导人。他也是偷偷听到大人说的。江青是毛主席的亲密战友,是全中国最了不起的女人。我似懂非懂,噢,亲密战友。我小哥哥气急败坏地说,就是一起干革命后来一起生小孩那种!反正说了你也不懂,你就是猪脑子。那天父亲带着秘书回办公室后,发现了我画的那张报纸。他拿起报纸,迷惑地看看我，神情僵硬，像是审视一个陌生人。然后又紧张地看了看秘书，随即雷霆万钧，立即安排秘书通知召开党委会。据说，他拿着那张报纸，在会上做了深刻检讨，说没有教育好自己的子女，甚至难过得流下了眼泪。他让秘书将报纸存档，附上亲笔写的检讨书，报告给了上级。

那天父亲回到家时，天已黑尽。我蜷在祖母的被窝里已进入梦境。我梦到了金子，火苗一样地闪闪发光。金子真的会跑，它活泼泼地跳跃着与我周旋。就在我快要捉到它的瞬间，我被父亲从床上提了起来。我惊恐万状，不明就里。那是完成度很高的一顿暴揍，没有留下任何伤痕，甚至不记得有多疼痛，可童年的哀嚎在我的记忆里长啸不衰。那时我才五岁多一点。我父亲算是中年得女，奉若明珠，白天我还在他的膝上背上纠缠不休。不过是生命中片刻的光阴，钟摆动了一两个格，我的幸福童年便戛然而止。那灾难来得太快，迅速穿透我的身体和心灵，以至于只是让我感到了麻木，而不是疼痛。

麻木过后才是疼痛。长期的疼痛之后是新的麻木。这是我以后几十年的心得。

从此他将我视为犯过严重错误的人，再不肯和我亲近交流。

许多年里，我一次次设想，如果父亲当时没带秘书，会不会也是这样处理这件事情呢？我觉得答案是肯定的，一辈子他就是个这样的人。我还清楚地记得若干年后我大哥被组织提拔的时候，回家来报告喜讯。他不但没有表现出高兴，反而极为严肃地说，现在社会风气不好，如果我发现你们有跑官送礼的事儿，我会带头去告你！

我被挨打后的羞耻心压迫着，一下子长大了十岁，脑门上生出细小的皱纹，一夜之间学会了看大人的脸色。我父亲余怒始终未消，厌弃的神情，如同面对的是一个阶级敌人。我从此看他一眼都是偷偷摸摸的，我觉得一直到他离休前我看他都是如此。

成长漫长得无边无涯，我八九岁上，家里又添了一个小妹妹。小妹妹比我漂亮，看见她的人都这样说。我父亲对她宠爱有加。在我孤独而缓慢的成长里，妹妹迅速地一天天长大。父亲没有任何过渡和铺陈，他直接地，毫不拖泥带水，将他的亲子仪式全部转移到另一个女儿那里。父亲对她淋漓尽致地表达，让我确定我被彻底抛弃了，而且永远不会再被他所拣选。

物质逐渐丰富起来。父亲出差回来会给孩子买一个玩具，那种橡皮娃娃，一双小鞋子什么的。我知道那些都是她的,我妹妹的。我离得远远的,几乎没有过去看一眼的勇气。我这样一个自小就不学好的孩子,怎么配得上看呢?

我母亲呢,她就是那样一个人,她的感情粗糙得很。她觉得让我们冻不着也饿不着,就已经很知足了。父亲是她请回来的一尊神,她心甘情愿地供奉他。她骨子里崇拜我父亲,他的一切言行都是正确的。父亲不理睬我,她便也觉得这个孩子不省心,对我有了某种疏离。其实,后来想想,母亲永远都忙着,她完全顾不上我。有那么几年,我像置身在四面空旷的荒野里。在我渐渐长大的日子里,常常孤独到绝望。

有一年除夕,我帮母亲包饺子。那天父亲也不知道怎么来了兴致,他用清水洗干净两个硬币,让我们包到两个饺子里。他难得和颜悦色地笑着对大家说,我奶奶说的,吃到钱的人会有福。一锅盖饺子投进锅里煮熟,又被母亲一碗一碗地盛出来,谁能知道吃到哪个?连续两个却都被我吃到了。我将钱吐在手心里,兴奋得脸色通红,好像干了一件多么值得骄傲的事情。我渴望得到他的认可,哪怕朝我笑笑。但他无动于衷,看都没看我一眼。这时候我妹妹哭闹起来,我要吃到钱,我为什么没有?我要吃有钱的饺子,我要吃有钱的饺子……她像个复读机,反复哼着这几句话。我父亲端着自己碗里的饺子走到一边，然后很快又走了回来，从碗里拨出一个饺子给了她。他竟这么用心，把钱塞进了一个饺子里。平时连水烧开没有都不懂的他，可想这么做有多难。他对我妹妹说，我看真正有福气的是这个饺子！你姐吃到也没啥福。你有福，她有豆腐！

他很可能只是想讲一个笑话，逗我妹妹笑。我父亲一辈子不会讲笑话，也不会听笑话。赵本山的小品都逗不笑他，不是他笑点高，他是真的听不懂。

从始至终父亲一眼没有看我，好像我根本不存在似的。如果他朝我笑笑，暗示一下，不过是哄哄小孩，他这一句话也不会对我造成太大伤害，但没有。我更坚定了他的话是不怀好意的，是讥诮我。我并没说什么，可是那天我伤心得一个饺子咬了一半，再也咽不下去，偷偷跑出去吐了。后来我趁人不备，干脆把剩下的饺子全部倒在下水道里。直到今天我还清楚地记得，那天的饺子是我最喜欢的，酸白菜猪肉馅的。

从幼年起，确切地说从父亲打了我之后，我就没再指望过谁。母亲一如既往地忙碌，累得爬不动时才躺下来休息。父亲依然是不理家事，报纸填充了他全部的家庭生活。偶尔会在饭桌上说几句，像饭前祈祷似的，告诫我们要好好学习，不能惹事，做一个好孩子之类的。他的口气严肃认真，大而无当。他的话音在屋子里嗡嗡嗡地像蚊子似的飞翔，压迫着我。我觉得，他所有话语的重量，都压在我心里。

我那时一心想着要走出去，不为理想。我没有理想，只是想离开自己的父母，离开这个冷漠得没有一丝温暖的家。我不想和他们在一起。

我忌惮着"坏"，说话办事更加小心翼翼，内心里有着深深的负罪感。我觉得我有原罪，比那些坏孩子还坏。自卑和颓丧压迫着我，感觉一切都糟糕透了。我孤僻、敏感，从小学一年级一直到高中毕业，只和一两个女孩子玩。那时候，有早熟的女孩子已经开始偷偷恋爱了，她们穿着漂亮的裙子，扬着一张粉脸，四处招摇。我不好看，甚至觉得自己很丑。我穿着几乎很难看出性别的颜色单调的衣服，单薄的身子，平胸，细胳膊长腿，脸色惨白。后来看张爱玲的小说，我觉得那时的我大约就是张爱玲《红玫瑰与白玫瑰》里振保妻子烟鹂那一种：有良好的家庭和受教育的背景，却是无趣的，即使将来结婚也是被嫌弃的。没有男孩会喜欢我，我也没喜欢过任何人。我考上了一所美术类中专。院子里有同年级的孩子考上了北大。父母觉得我应该再复读一年，可我一天都不想待在家中，我要离开他们，义无反顾！

过完十六岁生日，我的身体开始发育。身材苗条，肌肤晶莹白皙。一个暑假的功夫，我像是变了一个人，不断得到赞美。心情在平静的日子里平复，也在成长中开始慢慢找到自我。我一遍遍地照镜子，反复审视镜中人，难以相信自己真会是个漂亮的女孩。很多人都异口同声地说我长得像陈冲，哪哪都像，哪哪都像。阿姨们见了面，都喊我小花。我遗传了我父亲家的高挑，皮肤细腻白皙。也遗传了我母亲的一点瑕疵，鼻梁和脸颊处散落着一些淡淡的雀斑。我母亲皮肤也很白，记事起倒没看见过她脸上有雀斑。母亲说，当姑娘的时候有，结了婚就突然没有了。真的是这样，我结了婚，也或许是生完孩子，雀斑突然之间不见了，皮肤越加细腻白皙。这应验了我母亲的话，家族遗传基因相似度百分之百。

那一整个暑假，我都关在屋子里照镜子，对比着《大众电影》杂志上陈冲的照片。她没我白，嘴总是笑得很开的样子。她比我健康，眼睛也比我明亮坚定，那是自信，目空一切，君临天下。她有骄傲的资本，与这个相貌和我相像的女孩比起来，即使她拥有不起眼的一丁点儿，也是那么值得骄傲啊！我没有任何奢望，我就是一个极普通的小城女孩。想成为自己,竟然是如此之难。简直像做贼一样心虚。

窗外梧桐树上知了叫得人心惊肉跳，院子里稍微有人大声说一句什么，我就神色大变，如同惊着了一般。我伏在床头柜上写了一封信，让在北京当兵的舅舅给我买了一条洋红色的百褶裙，千叮咛万嘱咐，央求他不要告诉我妈妈是我要的。否则，这又会是我"坏"的一条铁证。

这算是我青春期的一次叛逆吧。我换上色泽柔和明亮的洋红裙子，配了合体的半袖白衬衫，三公分无色塑料凉鞋，迟迟疑疑地走出门去。对了，那天我戴上了胸罩，是平生第一次戴胸罩。我用攒了两个月的零花钱买的，机制的细白棉布胸罩，妥帖地拱卫在胸前，托起一点点细嫩的肌肤，像两片玉兰花瓣。我强作淡定地走到外边，母亲看了并没有说什么，而且没有制止。也许她心中是觉得好看的，但她绝不会夸奖自己的女儿好看。她只会说你什么不好，绝不说你什么好。她一辈子都不会说一句柔软得像一个母亲该说的那样的话语。

邻家的阿姨看见穿上新裙子的我，嘴巴都张大了，说，我的娘，是小同！我还以为是从电影上走下来的。我坚持着表面的淡定，穿着那身衣裳帮母亲干活，内心却忐忑不安，煎熬着等待我父亲下班回来。

快中午的时候他终于回来了。他只不过斜睨着看了我一眼，立马就表现出极大的反感，说，你出去上学时不能穿这样的衣服，你要穿给啥人看？他一脸愠怒，眉头拧得能打着火。我愣了一下，转身跑进里屋，哭了。那天晚上我没出来吃饭，这是我在家第一次公开表示抗议。我以为母亲肯定会过来找我，批评我，但她没有。我觉得他们妥协了，第二天起床仍穿着那身衣服，其实我一夜都不曾脱下来。但我妈没等我走出门口，便眼疾手快地把我又推了回去。说，他不让你穿，你犟个啥？别大清早就惹大人不高兴！

其实，我完全可以把衣服打在行李包里带到学校再穿，为什么要得到他们的允许呢？我的妥协到底是遗传自我的母亲还是已经彻底被他们驯化了？

除了上学，我还有一次很好的离开家的机会，那就是当兵。

当女兵，是那个年代所有女孩子梦寐以求的事情。那时县上一年也就走一两个女兵，只有县上主要领导的女儿，或者有特殊才能的才有可能实现梦想。征兵办就设在县委院里，每天进进出出就能遇到那几个军人。带兵的首长一眼就看上了我，他们赶着我问，你是谁家的孩子？你想不想当兵？我……我被突然降临的惊喜砸得眼冒金星，急切得说不出一句囫囵话，只是使劲地点头。简单地聊了几个问题，他们在小本子上记下了我的名字和家庭成员的情况，并说会尽快与我父亲商议。

我夜不能寐，半夜里跪在床上祈求，大慈大悲的观世音菩萨，请您保佑我！我还悄声呼唤我的祖母，奶奶呀，你在天上帮帮我吧，我多么多么想当兵啊！记得哥哥写信回来说，部队很苦很累。我不怕，在部队苦死累死我都愿意，再苦再累都抵不过那身漂亮的女军装。更重要的是我想离开家，越远越好。

我每天盼星星盼月亮一样盼着他们到家里来向我父母说明有关征召我的情况。我等得忍无可忍，又忍无可忍地等待，却不主动向爸妈询问。我得装作心中有数，是人家找上我的，不是我自个儿的主张。整整半个月，醒里梦里都在煎熬中度过。一直到招兵就要结束了，我实在忍不住，就趁吃饭时说出来了，征兵的说要带我走，是他们说的要招我！我看着父亲，眼睛里祈求能感动天上的鸟地上的花。我不待他回话，眼泪先哗哗地流下来。那时两个哥哥都已经先后离开家，一个当兵，另一个上了大学。我父亲看都没看我一眼，只是低着头吃饭。吃完一整碗手擀芝麻叶杂面条，那是我父亲一辈子最爱的食物，胜过他爱任何亲人。他头上渗出热汗，我妈递一条毛巾给他，他擦了汗，这才轻蔑地说了句，他们说了不算！他这样说时，如果看看我，给个事出有因的表情，我可能会好受一点。但他没有，他不屑于看我一眼。我五雷轰顶，悲伤转成了愤怒，我第一次狂怒了。我愤怒地质问他，为什么不算？谁说了算？我想当兵也是不学好吗？我妹妹被我吓得哇哇大哭。我妈怕我把事情闹大，抢先批评我道，你哭个啥，有啥好哭的？不让你当兵也是为了你好！

我父亲没搭理我，站起来就走了出去。我们十几年就没好好说过一句话，这次也不会。他出去之后我母亲说，你爸已经把事情都告诉我了，不让你去。人家体检已经结束，人员已确定，再哭也没用了。

简直是晴天霹雳，我像疯了一样冲出家门，直接去了征兵办，我一定要为自己争取一次权利！我一下子就在院子里看见那个首长，他刚吃过饭，正带着一个小战士散步。我跑到他跟前大声冲他喊，你不是说要带我走吗？你不是记下我的名字了吗？你们解放军怎么也说话不算话？那首长也就四十多岁，他被我逗乐了，嘿，我就说吧，可惜了，部队要的就是这种性格。他伸手拍了拍我的头，再要拍第二下，我躲开了。回去问你爸爸吧，是他不让我们带你走。

我这边哭得稀里哗啦的，他却呵呵地笑着在院子里转圈子，好像只是终结了一出游戏。但他再一次走到我跟前的时候，停下来看了我好一会儿，像是要替我做点什么。很有可能，是我内心太期待他能替我做点什么。他停了那么惊心动魄的一大会儿。我盯着他，紧张到无法呼吸，生怕一口气会把好运吹跑。他却仍是摇了摇头，又继续散步去了。

就那么一瞬间，一眼之间，一个陌生人的一丝怜惜。我对他的气一下泄了，我似乎懂了，我知道他应该为我做过努力的，不让带我走是我父亲的决定。我父亲绝不是会心疼我怕我去部队吃苦，他不让我当兵是一个谜团。

我病了一个伏天，不出门，吃一点饭就想吐。等我咬着牙起身准备出门上学的行装，镜子里的人已经瘦了一圈，脸上的婴儿肥不见了，锁子骨翘得犹如一对翅膀。镜子里哪有什么陈冲？简直就是陈香莲，一脸的幽怨，但也显得成熟了。我自己都感觉到，我越发地出挑了。

若干年后我才从妹妹的口中听到真实情况。妹妹有一阵子也想当兵，我妈私底下跟她讲，别折腾，你姐当年闹得干啥一样都没让去。我妹妹问为啥。我妈说，你爸开始还是同意你姐当兵的，就因为征兵办的人说，你闺女是个大美人。你爸想想害怕了，他在队伍上待过，乌泱泱清一色都是男的，就几个女的。一连男人盯住一个女的。这孩子不是个能让人省心的,万一出了啥事,一辈子就完了!

　　这像是我父亲说的话。

　　更像是父亲眼里的我。

下

9

拴妮子的大女儿叫周河开,据说名字是她不识字的姥姥给取的。老二是个男孩,取名鹏程。隔了老长几年,生了老三,是女孩雁来。姥姥就觉得会插着花生,一定再要个老四。老四盼着是个儿子,早早取了个万里等着,结果生出来还是个女孩,就降了一格,叫千里。老三老四的名字是爸爸起的。爸爸是高中生,人极聪明,长得也精神,因为是地主成分,不能当兵,更上不了大学。爸爸家里兄弟四个,他排行老二。哥哥娶了个瘸子,父母再无力给他娶媳妇了,二十七岁上倒插门给周家当了上门女婿。都说周拴妮的运气是聪明过人的上门女婿给转过来的,谁知道呢。

家里的事情,周河开是决然不会在学校说出来的。她一口气读下了同济大学的本、硕、博。可不是连读,是她一级一级考上去的。女孩子学桥梁设计,她的野心可大着呢,理想是一生拥有几座用她的名字命名的大桥。

周河开活得很独立,也非常有尊严。除非必要的交流,她几乎不与任何人打交道,这就让人产生了一种神秘感。依着她的出身和来路,似乎不应该有这样的自信。也曾有只言片语的传言,说她祖辈曾经是共产党的高官。传说并不清楚来自何处,其中的种种,自然也没人说得清楚。她任由闲言碎语自生自灭,日复一日独往独来。她没有朋友,不要说男朋友,连女朋友都没有。她回宿舍仅仅是为了睡一觉,其他时间都泡在教室和阅览室里,礼拜天就更加神出鬼没了。同学们对她好与不好,她好像并没觉得有什么区别,一概保持着一样的距离。她有一种天然去雕饰的能力,能把极普通的衣服穿得好似量身定做,在一堆争奇斗艳的同学之间,她既不富贵亦不贫贱,一派天然,我行我素。

周河开在同济大学读书的前几年,真正是把自己投身在知识的海洋里,书本滋养着她,知识让她显得更加卓尔不群。理工科女生本来就少,多少双眼睛盯着她。盯来盯去,谁都不曾有个眉目,她就越发地显得神秘。到了第八年她读博士的时候,竟然和导师传出了故事。

周河开的导师姓余,单身,比她大二十岁。关于两个人的关系,学校里都在疯传,其实他们之间手都没拉过。余教授是学界的领军人物,德才兼备。他先前的夫人病故,乳腺癌扩散不治。所有认识他的人都对他评价甚高,丧妻十几年,一个人带大了儿子。儿子前些年去了美国,学成就没再回来,好像也不打算回来了。夫人刚走的那会儿,他风华正茂,再续娶个年轻貌美的学生也属正常。可不要说娶,他连一星半点绯闻都不曾有,作风正派得让人觉得不可思议。有人说他对已故的夫人情深意重,又有人说他是苦行僧,感情上的事都看透了。有人曾经拿这话问他,说,你真是看透了?他半开玩笑半认真地说,我不是看透了,我是想开了。光看透想不开也不行,否则还不把人给闷死?说是这样说,其实他是没时间,家里针尖儿大的地方摆的都是书,床上也全是书,晚上睡觉的时候扒开一条缝,能挤下个身子就行。他是真正的书呆子。

周河开不但学习勤奋,从大三开始她就出去做家教。读了硕士,也能承接到一些设计单位的活儿。所以她经常去导师办公室,偶尔也去他家里探讨一些学习和工作中的问题。去家里的次数多了,也就熟不拘礼。单身男人的家肯定是杂乱不堪的,而老师的家简直就是图书馆的仓库,她看着哭笑不得。但她有眼力劲儿，先把各种书籍归拢归拢，整出公共空间，慢慢的就成了习惯。家里渐渐有了秩序。她不单打扫卫生，衣服也开始帮他洗。再后来，有时候两个人探讨问题错过吃饭时间，就在家里自己做饭吃。有时候为了图省事儿，周六周日周河开去老师家时，直接买好菜带着，讨论完功课便下厨做饭，然后一起吃。时间久了，老师也习以为常了，接受了这种方式。这余教授本来就是个性格坦然的人，没转过别的心思，他干脆把钱放在厨房的抽屉里，让她按需要自取。长达一年的时间里，她几乎成了老师家里的一口人。但关上门，两个人泾渭分明，仅仅是师生关系。

那天上午，周河开逛了趟街。她走在路上，惹来路人艳羡的目光。她剪了头发，新买的白T恤和牛仔半裙衬得英姿勃发。她高而瘦，两条大长腿直溜溜的。那天不知怎的，她心情大好，买来一条活鱼和很多老师爱吃的菜。周河开拎着菜进门，看见老师正呆呆地坐在客厅里，看见她进来没有像往常那样喜笑颜开。她换了鞋转身要进厨房，余老师却招呼她先不用忙，让她在客厅里坐下。余老师迟疑地看着眼前熟悉而又陌生的姑娘，似乎从来不曾认真地打量过她。周河开也疑惑地看着老师，站在桌子前，并不坐下。老师说，河开，是我太疏忽了，我一直拿你当个孩子。他有点歉意地望着她，眸子里是真正的爱惜。周河开没待他往下说，拿起菜起身去厨房洗菜。她说，我知道您要说什么，我早就听到有人嚼舌根儿，我们自己清楚不就行了，有啥好介意的？余老师伸手比画了一下，是想阻拦她。他说，你先别忙活，等我们把话说完。我们自己清楚别人不清楚，这可不是别人嚼舌根儿的事，今天领导和我谈话了。说到此他自己先红了脸，迟疑了一会儿，好像词穷了。周河开没有答话，就站在那里看着他。气氛略微有点尴尬。唉，领导也是好意，说我是个正派人，大家都是爱护我的名誉。其实，我更应该爱护你才对，你年轻姑娘家，有些事情一定要避嫌。毕竟我是单身，而他们不了解，你，这样单纯的一个女孩子，我们经常这样相处确实不太妥当。

平时妙语连珠的老师结结巴巴说了这许多，周河开却仍是一脸从容。她不待他说完，转身进了厨房。河开？老师追到厨房门口，像个做错事的孩子一样乞求地望着她。周河开哗哗洗菜，足有十多分钟。她把水龙头关上，转过脸看着老师，说，那你说怎么办？要不我写个声明？老师说，你看你，这事儿怎么能耍孩子脾气？周河开用审视的目光看着老师，发现他的眼神忽明忽暗，一脸的脆弱和希冀。这不是老师跟学生谈话，分明是等着要她来拿主意。于是她淡然说道，怕什么，索性就结婚算了！省得他们再胡乱猜测。一边说一边把菜切了。刀和菜板之间发出的声音密实而稳妥，没有一丝慌乱和不安。老师怔了一下，再次如梦初醒地说，河开，好孩子，你说的可是真心话？他的声音都颤抖了，岂止是声音，整个身体都稳不住似的依靠在门框上。

周河开先将鱼上了蒸锅，然后将切好的菜一样样码在盘子里，说，原本确实没这么想过。不过已经说出来了，肯定不是赌气，也绝不是妄言！老师朝她跟前挪了两步，又退了回去。他伸着双手说，河开，老师可是老了，我怕我……周河开打开燃气灶，往锅里倒了一点橄榄油，拿手在锅上晃晃，温度刚刚好。哗的一下把切好的肉丝倒进锅里，翻炒片刻下入葱姜丝，最后把辣椒丝倒进去，半熟时加了一勺生抽。那天晚上的菜做得异常的好。

余老师只吃了半碗饭，坐着看她吃。她吃了半碗，再加了半碗，把剩下的菜全部扒拉进碗里，一口一口地全部吃掉。她很能吃饭，一直比老师吃得多。吃完，把锅碗洗干净收好，到洗手间拢了拢头发，给手上涂了些护手霜。她临走时对老师说，明天开证明吧，我们结婚！

博士毕业照合影的时候，周河开的肚子已经微微隆起。老师带的几个学生里只有两个女的，另一个读博前就已经结婚了。她看起来虽然面容干涩,神情倒是很活泼。周河开是滋润的,她双手护着凸起的小腹,脸上一如既往的淡定。余老师却笑得有点失态,甚至有点猥琐。人被幸福击中,有时会面带蠢相,周河开后来看着照片想。其实导师也不算太老,勉强算也才五十来岁。那时候,同学中间甚至有人羡慕,说周河开的婚姻是高攀。当然也有竞争者诋毁她,说她太有心机。周河开表现得波澜不兴。她没有朋友,不与任何人谈及这场婚姻,到底也没有人知道她是怎么想的。

周河开作为余教授明媒正娶的夫人,在分配时,理所当然地受到了照顾。二十九岁那一年,她留校任教了。

两年后,周河开公派去了英国做访问交流。她给女儿请了个比自己大一点的保姆,是她亲自去家政公司选的。保姆相貌秀丽,温婉可人,是个她能放心的女人,相信能照顾好女儿和老公。

到了第二年圣诞节,她突然回来接女儿了。她给老师买了一年四季的衣服,各是两套。给保姆也买了好几件,她希望她能继续留在这个家里照顾老师。到了晚上,她说要给英国那边的同事说工作,在家里害怕打扰他们休息,就去了学校招待所单独开了个房间。夜里她发信息给老师,说,对不起老师,离婚吧,我不能再继续了!写完了再加一句,我相信您会同意，我是真不敢再回到这个地方来了！发完她哭了，眼泪哗哗流。她自己都不知道为什么哭，只知道哭了以后，有说不出来的轻松。

余老师是她女儿的父亲，但她常常糊涂着，在异国的时候做梦梦见他，分明觉得他是自己的父亲。她设计过无数次分手的情景，甚至找出一百条离开他的理由。她甚至想，自己是独立的人，有理直气壮地追求感情的权利。到了跟前，却又狠不下心来。一来她毕竟放不下这么些年老师对她的好，再者，她觉得如果这时候离开，她再也不可能有脸面回来了。

她爱过他吗？她不爱他吗？

从始至终她都称呼丈夫为老师，从未喊过他老公。老师是她永远的老师。

周河开哭够了，一口气睡了十多个小时。她时差还没倒过来。当她像一个客人那样重新走进家门的时候，看见余老师在客厅坐着，仍是像过去那样满眼爱怜地看着她。

河开，余老师温情而又平和地说，我一直觉得你该有自己的生活，毕竟我老了。我想了一夜，其实从你出国那一天我就一直在想，怎样才能让你去追逐属于你该有的幸福。只要你快乐，怎么都好。然后，他朝外面指了指说，保姆带着孩子出去玩儿了。你住家里吧，可以多陪孩子几天。他迟疑了一下再说，我希望你别把女儿带走，等她长大了让她自己选择。毕竟，我只有她了。

她看着他，想对他笑一下，但是笑不出来。她从来没看到老师这么苍老过，好像一夜之间老了一百岁。

他是她的父亲。

她是他的孩子。

或许从娶她的那一天起，他就有着足够的心理准备，孩子迟早是要离开家门的。

周河开搬回了家，天天跟孩子泡在一起，有时三个人还一起出门。直到周河开离开家，很多人还不知道这场变故。

至于离婚后的各种批评，甚至有谩骂，周河开能想象得到，但她听不到。她没有任何朋友，余老师也从来不跟她说这些。余教授没有再婚，像过去一样，他完全把自己的精力投入到学术中。有一次周河开发现老师的照片登上了美国学科杂志的封面。照片上的他神情安泰，心无旁骛，好像又回到周河开刚做他研究生的时光。老师才五十几岁，正值盛年。周河开心中竟然为她的老师感到骄傲。

又一年，周河开和一个年轻的英国小伙子结婚了，他是周河开在英国交流期间学校的同事。

他们的结婚照传回来的时候，林树苗说，哇塞，我这个表姐夫英俊得真像传说中的王子！

10

林树苗大学念的是北大中文系。她是妈妈的骄傲，也是一个家族的骄傲。

林树苗曾经是周家下一代里最叛逆的孩子，她上大学那几年，傲娇到眼中无物。家世好，学习拔尖，情商又极高，并未见她怎么用功，出手即是好文章，很快就在学校的文艺圈子里小有名气。她漂亮、独立、洒脱，如同她的名字，像一棵小树，屹立在青春的校园，英姿飒爽亭亭玉立。有男生在背后喊她芭比娃娃。很快，仿佛满世界都有人在窥看这个芭比娃娃。她是那样骄傲，眼睛几乎长到头顶上去了。她活在自己青春恣肆的光芒里，几乎看不见周围的人。亦有很优秀的勇敢者追求她，她充耳不闻，视而不见。她说，三十岁之前，不会遇到这个问题。三十岁以后遇到这个问题，还得遇到对的人，否则宁可一辈子不婚不嫁。

　　第一次误打误撞被"相亲"，是跟着爸爸和他的朋友一起吃饭。也是机缘巧合，爸爸在北京开会期间，一个祖籍河南的部队首长请吃饭，首长的儿子作为父亲的司机参加了那次晚宴。那孩子在饭局上见着了林树苗，就像贾宝玉遇到了林黛玉，简直像被施了魔法一样，被她迷得魂都没了。林树苗一直在低头玩手机，只是在他们说到她的时候才抬头笑一下，她几乎没看见跟前的人长啥模样。她随性地跟大人交流，自我，散漫，言辞犀利，刁钻古怪，顽皮起来完全不拿首长当回事儿。首长指挥着服务员给大家分一条苏眉鱼，他用命令的口气说，大家都得吃掉，一块好几百块钱呢。林树苗实在吃不下，她看出大家也都吃不动了，却勉为其难地强吃，于是一边玩手机一边神情认真地说，伯伯，你告诉我还有哪道菜值钱，我省下给你打包，待会你给我发个红包变现吧？说完做了个鬼脸。小姑娘童言无忌，把大家逗得哈哈大笑。首长笑得最响亮，儿子却暗暗想，这话换了我说，怕要罚站一小时军姿的。这种桀骜不驯、目无尊长，通通成为吸引首长儿子的独特魅力。他家一门俩将军，爷爷是参加过解放战争的将军，父亲是中越战争的功臣。他的同学朋友，哪个看见他父亲不毕恭毕敬？他自己毕业于国防科大，自幼就被军阀般的父亲当战士管教，长大后又经过较为严苛的军事训练，知道规矩的力量。他从未见过这样一个美丽智慧的精灵古怪，像一道光，照进了他按部就班一成不变的生活。他已经二十七八岁了，是家里的独子。父母着急让他成家，九十多岁的爷爷等着抱重孙子。被安排相亲的次数多得数不胜数，他自己说，没有一百也得有八十次。之所以没有如愿，是那些女孩千篇一律，她们作风严谨，穿戴整齐，一本正经地对他的父母展示自己的优秀，对他的家庭似乎比对他更感兴趣，这让他一度对婚姻极端消极。

那天他为这个女孩子动了心，等不及到家便对父亲说，就是她了，不是她我就不娶！父亲很震惊，他呵斥儿子，简直是胡闹。也太不靠谱了，你们俩年龄差了七八岁，那孩子还不满二十岁呢。的确，林树苗看上去还完全是一个不谙世事的小姑娘。如果这样，你爷爷还能抱上重孙子吗？

过了几天，儿子再对父亲提起这事，父亲几乎有点震怒了。儿子一向对父亲言听计从，这次却像吃了秤砣一样强硬。吼也吼了，桌子拍得手疼。但儿子一脸固执，丝毫不肯妥协。

儿子怕老子，老子也怕儿子。他家祖传的一根筋，倔起来没办法，儿子认真了，老子也真的无可奈何。更让首长为难的是，他与林树苗爸爸的关系还没熟悉到可以无话不谈的地步。后来煞费苦心，找了一个与林树苗的爸爸共同的熟人，请他出面当说客。他跟人家自嘲道，妈的，这哪是找儿媳妇，分明是找个妈嘛！对方打趣道，你现在是找妈，过两年还得找爷呢！他不无得意地炫耀，你看看，我爷爷今年四岁了，天天拿我当马骑！

电话里，两个人哈哈大笑。

事情到了林树苗的爸爸这里，果然不出所料，他万分为难地说，我女儿年龄比人家小那么多，小姑娘还特别任性，俩人怕是不合适。咱们别因为孩子的事儿伤了大人之间的和气，不然连朋友也做不成了。那人说，咱们先不提这事儿，只管见见，行不行就看他们自个儿的缘分了。他越这样说，林爸爸越是心里没底儿。他比谁都知道自己闺女的秉性，尽管他记得那小伙子高大威武，玉树临风，但太过规矩端正，一本正经的样子，完全不是女儿的菜。只是无论如何躲不过这关系人情，便打电话和夫人商量该怎么办。林妈妈说，有啥可犯愁的？你还不了解你家闺女的厉害？索性对她说明白，让她耍一次威风。她见人面儿手起刀落，未必是坏事儿，我们也好借坡下驴。

林树苗听爸爸说了，笑得手机都掉地上了，纯粹是抱着帮助爸爸渡过难关的心态,痛快地和爸爸搞了次交易,先把新款苹果给买了,并且用新手机和妈妈视了个频,挥挥手扔给妈妈一句,老妈放心,陪他们吃顿饭,又不是上刀山下火海,不就俩小时嘛!林树苗只想要弄那大哥哥一下,所以这第二次吃饭才第一次认真看了看他——完全吻合解放军叔叔的正面人物形象。吃完饭换了茶水,大人们去一边聊闲话,有意让俩人聊聊天。林树苗何等聪明,既然是答应帮爸爸过人情关,面子总要给够。她扑闪着一双大眼睛主动逗他,大叔,听说您此前相了无数次亲,招一招相亲经历呗。那孩子倒也不惧,真的一脸诚恳,把先前的相亲经过娓娓道来。说者一本正经,听者前仰后合。她被他各种奇葩的故事乐到死去活来。那孩子把所有人都蒙蔽了,表面一本正经,其实骨子里是北京人的冷幽默,离开长辈,活脱脱一个段子手。

　　林树苗和大哥哥互留了电话,第二天那哥哥就急不可耐,连打了几个电话,约了开车去学校接她出来吃饭。说好了下午五点半,依他的判断,怎么着也得晚上半个来小时。幸而他准点到了,齐刷刷六七个大姑娘在校门口站着。她可真够狠,招招手,五座的车子愣是塞了八个人,她把一宿舍人全部带出来集体赴宴。一桌子女孩子个个收拾得花枝招展，各种搞怪动作频出。林树苗说，哥哥，给你加点料，在饭桌上来次唐伯虎点秋香，相上哪个可以奋起直追，不必征求我的意见。并且向大家宣布，本姑娘给大家请了个专职司机，你们可不要放弃机会，加个微信，往后随叫随到。一干人看他老实，都想逗他玩儿。谁知却发现完全占不了上风。人家完全是辩论赛冠军的水平，兵来将挡，水来土掩，谈笑间，樯橹灰飞烟灭。林树苗说，行了，你通过了科目一，今后考试的大头儿还在后面。自此林树苗对他呼来喝去，刁蛮任性，奇思妙招，狠辣无敌，把个军哥哥折腾得言听计从。这些事情，爸爸妈妈都不知情，没有听闻有什么动静，就料定此事已经翻篇。林妈妈也是大意失荆州，听了丈夫的描述，觉得那孩子太过老实了，完全没怎么把这事儿放在心上。

　　大学毕业那会，林树苗回了一趟郑州。同学要么着急找工作，要么准备考研。她仍然是过去的老样子，要么玩手机，要么戴着耳机听歌。妈妈笃定是要女儿考研的，她在吃饭时说，林树苗，爸爸妈妈在你跟前，你视同无物，最起码你要对我们尊重一点。拿掉你的耳机，我要和你谈谈！林树苗摘了耳机说，正好啊妈妈，我也要和你们谈谈。你要没其他事儿，我可要说正事，我要结婚了！妈妈正好喝了一口汤，惊得差点儿被呛得背过气去。天呐，和谁结婚？

哎呀！我娘亲，您老何时阿尔茨海默了？她口中哼着《欢乐颂》，用手指在桌子上敲出一段整齐的旋律。爹地，不是你们给我找的对象吗？

我们给你找对象？你是说部队那个哥哥？你从来也没跟我们说过啊！这么大的事，这么短的时间，你真的觉得你和那孩子合适吗？

合适！林树苗斩钉截铁地说。

那也得提前跟我们知会一声吧，林树苗？

跟你知会什么啊？是我跟他结婚，又不是你跟他结婚。我觉得他挺好的。莫非那时你是明明知道不行，还非要把女儿往火坑里推？

妈妈正色道，你才第一次谈恋爱，还不知道什么是爱情。况且时间也太短，双方未必真正了解。就这么结婚了，你不觉得太唐突吗？

林树苗说，你看你说的，好像自己谈过很多恋爱。你不也是第一次恋爱就结婚了？哪有那么啰嗦？所谓爱情，无非就是他想见我的时候我也想见他。都不想见的时候，over 就是了嘛！

林妈妈想说，你若是今年考研，两年后读博，将会是中国最年轻的文学博士。但她把话咽了下去，她知道女儿的秉性，不说还好，说了她就手起刀落给你个下马威。从进入叛逆期她就没能做过她的主，她决定了的事情，十头牛都拉不回。她深深地叹口气，自己亲手栽下的苦果，无论如何得咽下去。妈妈愁得几天都吃不下睡不着，这些年用所有的心血搭建起来的通天塔，被她一个小指头给轻轻捣毁了。

林树苗是妈妈周语同精心规划的作品，十岁就考过了钢琴十级，十二岁就能给爸爸做谈判翻译。爸爸在省会当部门领导，招商和对外贸易是他的主要工作任务。

林树苗十四岁随大学生去英国参加教育交流，在那里待了三个月。那些被派去的品学兼优的大孩子们都规规矩矩地在指定的学校里完成教学课程。她独身一人，走遍了大半个英国。带队的老师说，林树苗同学如果到英国留学，从语言到生活习惯根本不涉及适应问题，过来就能接上茬。林妈妈暗自得意，但还是煞有介事地批评了女儿，你没有严格按照老师的要求做，今后一定要增强组织纪律意识。

除了完成学习任务，周语同还无微不至地管理女儿的衣食住行和言行举止。小小的年纪就与众不同，穿衣有风格，举止应优雅。林树苗希望拥有的，不管是需不需要，只要对她的生活、学习和成长有利,妈妈百分之百地满足。单凭这一点,就足以让她的同学羡慕得要死。

但别人看到的都是光鲜的一面,林树苗的成长真的是如此轻松快乐吗?有一次,林树苗的堂妹过来度假,两个人边看电视边聊天。堂妹从小学习芭蕾。那孩子说,你没学过芭蕾不知道芭蕾有多苦,我每天流的泪水比汗水都多。林树苗说,你没学过钢琴不知道学钢琴有多残酷,我钢琴上的每一个琴键都被眼泪浸泡过。妈妈在一旁听见了,想笑,却现出一脸的尴尬。林树苗和妈妈心底隔着一条很深的沟壑,母女俩站在沟的两边,彼此都绝望地想,也许一辈子都跨不过去了。

周语同始终觉得自己有强迫症,但这种自觉意识不但没有缓解她的症状,反而让她变本加厉。外人谁能想象得到呢?周语同是一个著名画家和美术评论家,国际国内一大堆奖项拿到手软。她气质优雅,谈吐不俗,个性温和可爱。她的外在表现,不像是个在艺术界举足轻重的女强人,甚至有一点柔弱,目光迷离,语焉不详。林树苗每每看到妈妈在公开场合的表现,都禁不住在心里冷笑,她觉得她是在表演。哪一个才是真实的她?她觉得妈妈是一个虚伪透顶的人。比如她和爸爸生气的时候，她会痛不欲生，脆弱得如一摊泥水。她哭泣，发呆，口中絮絮叨叨地伤情。但只要擦干眼泪，她就立马变成另一个人，典型的女汉子，对女儿歇斯底里地控制，以爱的名义任意对她施暴。她不但严苛地管束，还会动手打她，尺子、铅笔、衣撑，随处都有她施暴的工具。十几页琴谱，弹错一个音符她都听得出来。她抽她，敲她，拧她，皮肉的疼痛是微不足道的，心底的伤痕却随处可见。她让她一天背五十个英文单词，背完了她一个字母一个字母让她拼，错一个，她就拿铅笔戳她的手。林树苗的时间，是按分钟计算的。她在一栋楼上住了五六年，能分辨出楼下玩耍的孩子们每一个人不同的声音。他们的笑声，他们的喊声，他们凶狠的吵闹声……她似乎熟知他们每一个人，她认识他们所有人，但他们从来没在一起玩耍过。她在孩子们的眼里高高在上，神秘莫测。有时她的姥爷姥姥过来住上几天，妈妈会管得稍微松一些，功课也会有所减少。林树苗的妈妈是给自己的父母面子，但林树苗能看出妈妈的烦躁，妈妈希望她的父母尽快离开。他们的出现，破坏了她的时间规划。她发现了这个秘密，越加拼命地央求姥爷姥姥留下，以改变自己的处境。只要脱离妈妈的视线，她撒娇任性，对作业敷衍了事，刻意破坏她被要求遵守的规则。姥爷姥姥也帮她对抗来自妈妈的压迫，帮她扯谎，帮她拖延时间。姥爷更甚，可以为她放弃全部原则。周语同关上门在书房训斥她，声音稍大一点，父亲会一下子撞开门冲进来对她吼，她才是一个不到十岁的孩子，你像个当妈的吗？有你这样当妈的吗？

这不关你们的事儿！周语同头都不抬，我教育孩子，你们少掺和！

这样不行，你太过分了！父亲不依不饶地说。

林树苗亲眼看着妈妈像一颗炸弹在眼前爆了。她撇下林树苗，冲到门口对她的父亲狠狠地说，你们说，怎么样才行？是没有我这样当妈的。你，还有你！她指着父亲和父亲身后的母亲，你们知道怎么做父母吗？现在我是在我自己家里，我管教我的孩子，看我过了几天自己做主的日子，又觉得我错了是吧？这是不是你们眼里的"坏"呢？林树苗瞧见了姥爷的惊愕，然后是哀伤。他仿佛是被子弹击中的一头老熊，那样的疲惫和伤感，眼眸里的光亮片刻黯淡下去。这还不算完，妈妈加重语气瞪着两个老人说，你们差点毁了我的人生，我不会容许你们再毁掉我孩子的人生！

林树苗看到姥爷眼里的泪水止不住地涌了出来，扑嗒扑嗒落在地板上。姥姥拿了一把餐巾纸，试图堵住丈夫的眼泪，但她的手也哆嗦起来，把纸屑弄得他满脸都是。林树苗跑过去搂住姥爷，说，姥爷不哭，你们等我长大好吧？我要你们跟我一起生活，我去哪里都带着你们！说完，她恶狠狠地看着妈妈，眼睛里简直能喷出火来。她一字一句地对她说，我恨你！我长大了再也不想看见你！

周语同那次不但没有生气和伤心，反而觉得心里有些东西放下了，有一种莫名其妙的、恶作剧般的快感。

对于林树苗的妈妈周语同，这样的场景不是第一次，也不是最后一次。妈妈活得那样努力，那样决绝，好像在跟谁赌气似的。她是在拿女儿押注，但最终她是赢家，她就这样十年如一日，完成了此生最完美的一部作品——她造就了女儿。

周语同的女儿林树苗考上了北大中文系，这是一个经久不息的传说。在别人眼里，周语同的女儿是个小神童，也只有她们母女俩清楚其中的艰辛。在女儿高考之前，她已经带着她将大学语文提前预习了一遍。

她所渴望得到和不能实现的，都将在女儿身上实现。周语同对自己很满意，依照她的设想，她的女儿前程似锦。那时，她将放下压迫了她半辈子的重负，与世界和解。她觉得可以暂时松一口气了，把女儿上了大学之后的时间交还给了自己，绘画，读书，写作。她觉得此刻才真正握住了自己的人生，纵横驰骋，游刃有余，一切都还不算太晚。周语同变回了一个祥和的人，仿佛把握住人生就把握住了世界，那种阔大而熨帖的安慰，让她很是安心。有时候，她在睡梦中醒来，会刻意找寻过去那种凄惶的心塞感觉。但是没有，一点儿也没有。她觉得她正被某种力量托举着，护持着，让她在梦里醒里都心无挂碍，无所畏惧。

11

那年冬天格外的冷，画室里虽然开足暖气，但还是有点冷。我在画一幅画，天高地远，无边无际的草地上有一个奔跑的小女孩儿，草绿到逼人的眼睛。我将颜色用到了极致。而那个女孩儿是那么的柔软，她的小小的身体散发着一种柔和又圣洁的光。她饱满圆润，张开的藕节一样的双臂像是一对小翅膀。她奔向的前方有一片灿烂的云霞。这画里寄托着生命里全部的美好，更是我对未来的期许，我要把它送给我即将面世的外孙女儿。我对我的学生们说，对于创作，用情何其重要，你用饱满的感情去拥抱一幅作品，它所呈现给你的会比你想要创造的还美。

连着三天，一个来自日本的满头白发的老先生在这幅画前流连忘返，他想带走它。那天，老先生在我的工作室坐了整整一个下午。他就静静地坐在那里，满含深情地看着这幅画。西窗下的斜阳透过薄纱晕染着一地的静物。是一天，亦是一年，抑或是一辈子。我注意他端坐的体态，除了轻手慢拈那只我手绘的细瓷茶杯，他的脸和身体几乎没有怎么移动。通过年轻的女翻译，他给我讲述了发生在他家的故事。他有一个女儿，漂亮得像一个天使。她聪慧过人，五岁开始作画，十岁已经小有名气，在日本画界是一个神话。可上天不想让他独享一个人的美好，没有让她活过二十岁，她死于白血病。

画一样美丽的女孩儿在我眼前飘浮，父亲眼中的天使。

年轻的女翻译深吸了一口气，有点哽咽地结束道，女儿的死让他的妻子悲痛万分，一年后因悲伤过度，心脏停止了跳动。

讲述的时候，老先生并没有眼泪，他缓慢地娓娓道来，好像在讲述另一个世界的故事。他有日本人的隐忍，相信天国。他说他的妻子和女儿一定是活在我的画里，她们在天国很幸福。老先生开价很高，最后甚至说多少钱都可以。我终是没有卖给他，我说这不是钱的问题，不能卖。后来他提出让我再复制一件这个作品。我没有答应他，我说很抱歉，我不会那样做。我不能拿没有感情的作品欺骗老先生。我说，这个画中有你梦想的天国，也有我对一个新生命的挚爱。这个世界任何东西都可以打上价签，唯独爱不能。

最后他请求与我在那幅作品前照了一张合影。临分手的时候，我告诉他，我被他的故事所打动，让他把太太和女儿的照片寄给我，我承诺创作一幅让他满意的作品。

我刚把老先生送走，在画室里坐下，就收到一个叫雁来的女孩子的短信，她称呼我姨。她写道：

姨，我是周拴妮的女儿周雁来。我还有半年就要从广州外经贸大学会计学专业硕士毕业了。那边的大公司我进不去。我现在郑州一家公司实习，毕业后想留在郑州。今年郑州的天太冷了，我们四个女孩子挤在一间十多平米的宿舍里，没有暖气，早晨起来，洗脸盆里的水都结着冰。

周雁来，就是那个在父亲的葬礼上含泪夺门而出的孩子吗？我对她的印象仅此而已。况且，对周拴妮的孩子，即使见过我也会刻意忘掉，几十年里我一直这样做。不过，"会计学专业硕士毕业"这几个字，还是让我多看了好几遍。

周家的后代，倒是周拴妮这一支越来越成气候，而我们兄妹几个的孩子，怎么都有一种越扶越倒的尴尬。

我那阵子感觉特别困乏，社会活动繁杂，心中的创作冲动很多，夜里想到什么，着急上火地想画下来，隔两天却又找不到感觉了。而为了找那种感觉，我又会彻夜睡不着，搞得自己身心俱疲，靠大剂量的安眠药维持睡眠。我已经到了知天命的年纪，有点力不从心了。想想儿时，父母不过是四十多岁，在我们眼里已经是老人。而我们被营养丰富的饮食和高级化妆品滋润着，以至于忘记自己会老。我有家族良好的基因，不需要控制饮食，身材好到会让小姑娘们羡慕。而且我多年在衣品上从不肯将就，装扮起来还是很有范儿。出席活动总被一群年轻女孩子簇拥着，她们喊我女神姐姐……其实她们哪里知道，到了这种年龄，外强中干，私底下狼狈不堪。但我的虚荣心越发被调动起来，常常真的就忘记自己的年龄了，好像老的只是别人，自己永远不会老似的。只有累狠了，疲倦感来袭才骤然清醒，我不放空岁月，岁月亦不曾放过我。

我现在的生活状态是我父亲难以想象的，真应该让他活过来一次。不过认真想一想，父母那一辈人倒是活得从容，什么样的日子来了都能承受住，对眼前的一切从不挑拣。不是不想挑，而是不懂得。上面给什么就要什么，只是伸开双手用力接受，承住承不住都甘心情愿地捧着。那一代人，活得艰苦，但也简单和坦然。我一次次试图描摹我的父亲，他一辈子都好似一个心智简单的儿童，长大了变成大儿童，长老了就是老儿童。但他又不是现在所谓的巨婴，他除了承受，还有担当，还有底线。当你触碰到他的底线的时候，你才会知道它有多坚固。他的日常，包括工作和生活，是靠信念或者信仰支撑起来的。他此生只信上级文件，他们的神是一个叫毛泽东的人。毛泽东建立了新中国，毛泽东是人民的大救星，人民的生活被大救星改变了。至于他自己，个体命运被改变成什么样子，我的父亲，他可曾思量过这个比一都简单的问题吗？我家先生总是与他辩论，言辞犀利。而我父亲已经老了，思维不再敏捷。即使他思维敏捷，可能思想会更顽固。我先生是法学院毕业，律师出身。我父亲不是他的对手，有时候俩人说着说着，他便恼羞成怒起来，说，过去就是好！人的思想境界什么都好，哪有现在这么乱七八糟的龌龊事儿？我先生说，爸爸，我家的成分是地主，在那个年代里，我不管多努力，也不可能走进这个家庭，跟您的女儿成为一家人，跟您坐在一个饭桌上吃饭和辩论吧？我父亲怒不可遏，把筷子啪地砸在桌子上，喝一大口酒，愤怒到浑身发抖，一言不发。他气急了的时候会语言滞涩，这一点我深受遗传之拖累。我先生放低了声音，说，爸，我不是存心让您生气，您想一想，如果没有改革开放，如果不是恢复了高考制度，以我的家庭成分，怕还得在家种地，媳妇都娶不上。别说娶您的女儿，估计每天饭都吃不饱！

我先生那时才三十几岁，已经做到政府部门的一把手，从他的年龄和经历看，前程远大。他不满十六岁就考上一所重点大学，毕业后先是进高校，然后又被组织选拔，由学术转入行政。事业太顺遂了，难免盛气凌人。在他这个年龄，我父亲也已经是这个职级，但家庭出身让他在这个职位上盘桓了一辈子，起起落落，到末了也不过如此。先生话语锋利，立场坚定，并不是触怒父亲的根本原因，而是他冒犯了父亲一辈子的信仰。于是，他偷换概念结束了辩争，恼羞成怒地说，看看你们这些人，一说到过去就是吃，就是饿死人！如果仅仅为了吃喝，我们周家是可以不革命的！这一句话，似乎说到点子上了，但他自己并无察觉。

周雁来的短信，让我想到了父亲。父亲死后，我也不断反思和调整自己。对周家，对周拴妮和她的孩子们，都有了另一种理解，至少不再那么抵触了。父亲一生耿介，却也愚忠愚孝；两袖清风，却也明哲保身。他所留下的，只有这分成两部分且在他的有生之年从未融合过的五个子女。莫非真的会像我当初预想的那样，父亲死后我们可以视同陌路吗？估计这是我父亲不愿意看到的吧？但我没有把握，我父亲可能从不愿意思考这个十分简单却又万分复杂的问题。他的一生，被组织所固定，也被家庭——他的两任妻子和五个儿女，尤其是他的两个水火不容的女儿所绑缚。想一想，他得有多累，多挣扎！

晚年的父亲，目光总是看着别处，固执着不与我们对视。他让我们猜不透他的想法，他一贯靠逃避来解脱。对于他而言，仅仅是斩不断理还乱的家庭关系，便是苦海无边，但回头也找不到岸。

我该理解他，还是迁就着同情他？

但无论如何，经过一番内心的挣扎，我还是给周雁来回了短信，告诉她我家的具体位置。到底是个沉不住气的孩子，两个小时后，她便迫不及待地找来了。

周家的孩子，大多都遗传了我们家族的血统，模样大致都不错。我用艺术家的目光迅速将她扫视了一遍。周雁来不丑，红白的一脸婴儿肥，眼睛黑而亮，披着黑黝黝的长发，光光的额头处结着两根细细的发辫。衣裳遮蔽了她身材的优点，她只是太不会料理自己。在广州读书这么多年，竟然没改变她农村大姐的形象。她提着大大的一挂香蕉，估计是认真挑选了的，品相还不错，和她的衣着相比，着实很不相称。我让她换拖鞋。她脱了鞋子，袜子脏而破。我只不过是漠然地打量她，她抬头看我一下，自己突然有些不好意思了，说，姨家真暖和。说了，索性将袜子脱了塞进笨笨的廉价的毛靴子里。我让小妹给她送了一杯热水。她以为是我女儿，赶紧站直身子讨好地看着她，不知道该怎么称呼。我摆手让她坐下，介绍道，这是佳佳，在这给我当助理。佳佳虽然也出身农村贫困家庭，但在我家已经两三年了，是经我手调教出来的孩子，举止打扮都已经很有品位。我家里活少，怕她闲得着急，给她报了一个舞蹈班，刚刚上课回来。佳佳漂亮，黑眼仁湿漉漉的，个头儿细高，挺拔得像棵春天的小树。我喜欢这个孩子，也舍得给她添置衣服。平常领出去，十有八九都被当成是我的女儿。

周雁来比佳佳基础条件好，她有文化，稍加调教肯定也会很出众。我心里闪过一丝善念。

我看着发呆的周雁来，指了指桌上放着的一盘车厘子，说，想吃什么就自己取，我家里没有让人的习惯。那盘车厘子被装在一个白色的细瓷果盘里，色泽明艳动人，好看得像是幅静物画。她迟疑地说，这是什么水果？没吃过呢。我想了想,还真不好回答她,便说,算是进口的樱桃吧。啊?我就说长得像,个可真大!她拈一颗放在嘴里慢慢咀嚼,一粒一粒地拈,似乎抗拒不住味蕾的急切,这让我看得有点心疼。我说,你在这做什么事?她老实说,来了快一个月了,在一家上市公司实习,在财务室帮人家粘贴票据,打打杂。我问你学的是会计专业?她说会计学。我笑了笑,很不错了,还能让你进财务室贴票据。她说的那家公司是一家很大的上市公司,我跟他们董事长也还算熟悉,他收藏过我的作品。但我没说这些。她又说,实习期间只给一千块钱的生活补助,公司管吃住。

条件也算不错啦。她歉疚地看着我,脸红了一下,憨厚地笑了。

这样的笑,一瞬间打动了我。那种潜伏在心底的,叫作亲情的东西突然覆盖了我,让我周身热烘烘的。那天晚上我没让她走,我让佳佳在客房给她收拾了一张床。第二天她也没走,她自己决定不再去公司上班了。我认真地看了一下她的简历,还真不错,在学校一直是前三名以内的成绩,还是学生宣传部的一个干事。我觉得她的路子很宽,可以去大公司,也可以参加公务员考试。以她的成绩,考试应该没有问题。

那一阵子，但凡我有时间就带她出去参加各种活动，想让她见见世面。闲暇时间我便带她剪头发，做营养，去洗浴中心做身体护理。莫名其妙地，我跟这个孩子亲近起来，她也是我们周家的未来呢！我忽然间生出这样的觉悟。我带她吃遍各种菜式，川菜、海鲜、牛排、日本料理。她在广州念了六年学，竟然没吃过粤菜，一个人能吃掉半只烧鹅。这孩子肚子里缺油水，她常常吃得我的眼睛湿湿的。

她跟着我的那一个月，我在她身上花了不少钱。莫名其妙地，我好像觉得是欠了他们的，这也算是对她家补偿的一种方式吧。我让她去取回丢在公司宿舍的行李，她只是把她的证件拿了回来，别的直接打包寄回老家了。晚上看电视，我们也会聊聊天。她说，姨，从小到大，我从没穿过一件百元以上的衣服。见我惊讶的样子，她便又说，有时我姐会给我一些旧的，比我买新的质量还要好一点。她姐是周河开，那个时候已经去了英国。我问她，你为什么不像你姐姐一样接着读博？她迟疑了一下说，没收入，不想受苦了，想早点上班。然后她说，读了博又怎么样呢？只是说起来好听。她说话的时候四处张望着，在我这住了这么久，眼睛里仍然布满了好奇和羡慕。我让佳佳在她面前多摆了几样新奇的水果。她不停地吃着面前削好的芒果肉，一根牙签穿起两块，又稳又狠。姨，你看我姐那日子过得累的，不知道什么时候才能拼到头。

你说的是周河开？你说她累，我还真没看出来。我觉得她过得挺从容的，每次树苗给我看她发回的照片，我都很为她骄傲的。我不是说客气话，我每一次都真心会被这个姑娘的神情所感动。她脸上的那种自在从容，在我们家其他孩子脸上还真没看到过，即使在周围的人中也很难见到。那自信是透明的，清晰可见。

唉，我姐结婚后随我姐夫留在了英国，入了英国籍。在那边连生两个儿子了，都自己带着，还得工作。她让我们看的全是笑容，可是私底下，她该有多累？

我说，不能用你的标准衡量英国人。英国人跟我们的理念和生活方式不一样，福利待遇也不一样。孩子是上帝赏赐的礼物，他们带孩子是不会抱怨苦累的，况且他们的福利制度很好，孩子基本是国家给养大成人。我曾在英国待过半年，要达到那样的生活状态，我们还有相当长的路要走。

话说完，我突然意识到了什么，觉得脊背一阵发冷——她在用她的母亲做参照系，四个孩子，她是怎么带大的？包括我亲历自己的父母养大我们，我们有谁曾经过问过这样一个浅显的问题？

但她似乎没听见我说什么，自顾自地讲述说，有一回我妈打电话让我向我姐要钱，我姐不知怎么就恼起来，怒吼吼地说，我每天躺下的时候都觉得是世界末日，累到有一觉会睡死过去的感觉。

她忽然转移了话题，说，姨，你是不知道，我妈只给我们第一年的生活费，后来就不管了。我十分惊讶，你们考上大学，姥爷不是给每个人都有两万块钱吗？问完又觉得有点心虚，那点钱，养个大学生，实在不够多。

你不知道，我妈偏心，大部分钱都给了我哥。

啊，那你们怎么办？

打工。我从上大学的第一个学期就开始打工，端盘子洗碗什么都干。我还替一个环卫工人扫了一年多大街呢！

替环卫工人扫大街？

有些环卫工人是关系户，他们只是占个领工资的名额，再把活儿转给别人干。

我虽然不是第一次听说这个，但发生在眼前这个孩子身上仍是很惊讶。生活在食物链不同的位置，都得有各自的空间。存在的，都是合理的。

你姐也是这样吗？

我姐比我们有本事,也讨人喜欢。她后来找的家教啊设计之类的活儿根本干不完,还常常补贴家里呢!她是老大,小时候挨打最多,本事也最大。对刚才还不以为然的姐姐,她露出仰慕的神情来。

我好久都不曾这样动容过了。忙碌使人麻木。但在那一刻,从她们姊妹几个的奋斗史里,我感到周家的历史画卷呼啦一下被展开了。谁说我们周家一代不如一代呢?我激动得有点眩晕,也有点轻微的战栗。

我说,雁来,我决定替你做主,你不要着急上班了。即使你考个公务员,一个月也只有两三千块的工资,你去北京跟着你树苗姐姐帮两年忙吧。雁来说起来也只比苗苗小几个月。她比这个小姐姐上学晚,又读了研究生。我只是认为她的见识少得太可怜了。我说,你帮你姐姐带带儿子,做做家教。她家里事情也不多,一来可以在首都开阔开阔眼界,二来,我想让你继续考博,或者你直接考注册会计师。你的所有费用全部由我来负担,将来我可以直接推荐你进大公司,这样会少走很多不必要的弯路。

我带周雁来去了北京。去的时候我还有点不放心,林树苗的脾气,会容忍得了她姥爷"前妻"的后代吗?父亲葬礼上的那一幕,像一道伤疤重新被揭开,认真看看,还是鲜血淋漓。所以,我提前给林树苗打了个电话,用试探的口气说了这个事情。哪知她听了以后,轻描淡写地说,妈,你们这些老人,天天都背着个大包袱,活得不累吗?

我们忐忑不安地到了她家。是我多虑了,林树苗对周雁来出乎意料地好。也许她也想到了姥爷吧?姥爷过去是怎样地疼她,她也想用这种方式还报姥爷?也许已结婚生子,她对生活有了新的理解。过去这些年,每个孩子都有了翻天覆地的变化。林树苗是个生来只知道享受的小孩,她没有被生活为难过,这样的孩子看世界往往是简单的。她的情绪,好与不好全写在脸上。她给周雁来的见面礼,是她结婚的时候亲戚送的一块欧米茄贝壳女表。她这样做挺出乎我的意料,血缘关系真的会是亲人之间的密码吗?

周雁来最享乐的时光大概就是在姐姐林树苗家的那些日子了。开始还不错,她晚睡早起,谨小慎微地做事。但日子久了,她的毛病就显露出来了。她贪吃,从早到晚嘴里不停地嚼巴。早晨不再吃保姆煮的鸡蛋,她爱睡懒觉,起来就给自己蒸虾仁鸡蛋羹。她不再吃猪肉,只吃进口牛肉和海鲜,特别爱吃龙虾,肉多,剥着也省事。她也不再吃香蕉,太占肚子了。比起香蕉,榴莲更能满足她的味蕾。每天捧着一碗进口水果杂拌看电视。林树苗倒是很宽容，说她受苦多，是该弥补一下过去的损失。反而鼓励这个妹妹有所改变，学会接受新事物。

周雁来像一块厚海绵，给再多水都能吸进身体里。两个月的时间，真的有点小姐做派了。但是，家里的阿姨实在看不下去了，她忍无可忍。她跟林树苗诉苦道，变脸变得也忒快了吧，挑吃挑喝，恨不能拿自己当家里的二小姐。不都是穷苦人家出身，装什么大尾巴狼呢？林树苗对她嘻笑道，阿姨，你可不能这么损我妹妹，她可不就是家里的二小姐！在咱们家就是一家人。不过，阿姨您也不用客气，哪不合适尽管教导。阿姨说，你看看她使唤我的派头，我哪里教得了她？阿姨说不通苗苗，就直接给我打电话，说咱们家里从来没有这样子的人，苗苗待我都客客气气的，周雁来简直太惯自己了。她一点家务都不分担，对小孩子完全是应付，反而让孩子也跟着惹一身阳奉阴违的毛病。我在电话这边笑出声来，说，你要好好带带她，她从小到大也没接受过什么家教。阿姨满腹义愤打断我说，我带她？您是没看见，她对我颐指气使，稍微不如意就训斥我。她用过的杯子碗筷就没动过地儿，我替她收了她连声谢谢都没有。我还没说她两句，她就理直气壮地训斥我，我姨让我在这待着是学习的，你拿家里的工资，我不能总替你干事吧？你听听啊，好像我的工资是她给发的。

我电话这边笑得眼泪都出来了。完全可以想象这个野蛮生长的孩子粗鲁的样子，不愧是周拴妮的女儿！但我相信，与她妈比起来，毕竟她是个有知识有见识的人，不会太过不堪的。我耐心地对阿姨解释，她刚刚进入这个家庭，还不适应，你们要慢慢引导她。先别指望她做事，等她学会约束自己就好了。

为了周雁来和谐地与这个新家庭愉快相处，我特地给阿姨多发了两千块钱的红包。

周雁来住在表姐林树苗家里差不多有五个月。这中间她频繁地去广州考试或者完成毕业答辩什么的，我一个月给她三千块钱，免得她不好意思向林树苗讨要路费。谁知道每次她仍会央求家里其他人订票，比如林树苗的丈夫。她会毫不见外地说，哥哥，帮我订一张去广州的机票呗。林树苗可能觉得她老是伸手要钱太尴尬，干脆给了她一张工资卡副卡，让她需要钱的话直接支付。林树苗能这样做真是不容易，她可是一个毫不利人，专门利己的人。我对她甚是满意，觉得这是一次真诚的接纳。我们打开了大门，满心满意地欢迎这个叫周雁来的孩子。

到了"五一",天突然热起来。放假期间我去林树苗那里待了几天,主要是想看看孩子们。年龄大了,在孩子们跟前,竟然变得柔情似水。我想起了那时候的父亲,他不也是老了便在孙子孙女们面前像突然变了个人,被孩子们所要挟,温情得一塌糊涂吗?想我那时的愤怒,那样呵斥我的父亲,我真的是太过分了!

今天的我,竟然在不知不觉间活成他的模样。我会完全被一个四岁多的大宝所绑架,他的任何合理不合理的要求,我都会无条件地妥协。我帮他扯谎,帮他掩盖所犯下的错误。比如带他去超市,趁我拣一袋青李子的工夫,他唱着七个小矮人的嗨哟歌,搅动铲子,把超市里的红豆绿豆用铲子铲到大米里。他可真能干,在短暂的时间里,成功地把几种粮食掺和在一起,纯粮变成杂拌儿,可以直接做八宝饭。我先是吃惊,继而变成了欣赏,索性把一袋子杂拌儿全部买下来。我为了那点粮食,累得颈椎病一个月都没好。却假装很开心地拎回家去,告诉阿姨,是我特意买的。阿姨很讶异,说,姐啊,家里的米还有杂粮,不是你朋友刚从东北寄来很多吗?

再一回,我带大宝去商场,他眼疾手快,我晚了一步,他已经把滚动着的手扶电梯关停了。那么小的一个按键,又在下方很不容易看到的位置，他偷偷研究过多少次了？幸好那会儿电梯上没人，幸好！两天后我才意识到这个问题的严重性，主动对林树苗坦白了。林树苗立时就怒了，不行，必须得教训他！大宝几乎完全忘记自己干了什么，林树苗把他摁在凳子上使劲打他屁股的时候，他委屈地望着我。我控制住自己，已经犯了一次错误，不能再犯一次。可大宝流着泪哀求的目光让我觉得我成为一个告密者，我背叛了他，辜负了他。此时，外孙对我的信任，是我生命中何等重大的事情。我陪孩子一起哭，他妈妈每打他一下我的心就哆嗦一下。突然再也忍不住了，我脱口而出，他还这么小，有你这么狠的妈妈吗？说完之后，我自己先呆住了，这不是我父亲的话吗？怎么从我嘴里说出来了？我吃惊地看着林树苗，等待她发作。她愠怒而轻蔑地看着我，你装什么狼外婆？我这才哪到哪？你现在知道他还这么小了是吗？我五岁学钢琴，一年弹四本汤普森，课程落下一点儿就打，你那时知道我才五岁吗？我说，这不是学习……她怒火冲天地瞪着我，你不知道电梯上若是有人，摔下来会要命的吗？

我活成了过去的父亲，而林树苗活成了我。也许，人生就是如此的轮回吧！

林树苗让儿子每天认五个汉字，五个英语单词，读英语绘本，错一点都不允许。林树苗的呵斥声狂风一样穿越楼层，让我坐卧不安。我真受不了，觉得自己的心脏病都要犯了。但我也不想再争吵，吵来吵去处下风的肯定是我。我哀求她道，林树苗，你应该知道，孩子学多少东西和以后的生活关系不大，别让孩子有超过他年龄所能承受的负担。她明白我指的是什么，突然就变了脸，愤怒地冲我喊，他是男孩，男孩长大是要养家的！现在你可以惯着他，可你能管他一辈子吗？我说，我管，我管得起。她语气更加激烈，他是我的孩子，他的人生不劳你规划。我不能，不能让我的孩子输在起跑线上！

　　我脆弱得像个孩子，反而挤出一脸的讪笑，我说，苗苗，注意你说话的态度。她翻我一眼，嘲弄地回应，我的态度和你比好太多了。终于，我的眼泪流下来，委屈地说，我老了。说那句话的时候，我的眼前一片模糊，我看到了满脸粘着碎纸屑的父亲。

　　老半天她没再说话，总算给我面子调低了音量，半嘲讽半开玩笑地哼了一声说，你会老吗？超级无敌女强人一个，你什么时候示弱过？

　　我们俩吵架的时候，大宝就跑过来偎进我怀里，他用被铅笔粉弄得脏兮兮的手替我擦抹眼泪。他说，外婆不哭，外婆我爱你！

我的眼泪更汹涌地滚落下来，面前这貌美如花却蛇蝎心肠的辣妈，是我一手调教出来的孩子，这就是我的杰作！真应了一首歌，多年之后她成了我。我输了，我真的已经对付不了她了。不知从什么时候起，我们俩的位置彻底掉了个个儿，我成了被呵责者。

我也真的是有点伤心，赌气买了第二天的高铁票，要回我自己的家去，再不用看谁的脸色。

就在我要出发的前半个小时，雁来对我说，姨，我考到郑州的一家银行了。我想好了，我还是想提前上班。

我正在愤恨交加的当口，听了这话登时就翻脸了。我问她，已经参加考试了吗？

考上了，收到通知半个月了。

天啊，她在这住着的几个月里，只是为了找一个避难所，为了考进一个工作单位？

周雁来，我声音颤抖着说，你做决定前为什么不能提前和我说一声？

我怕您忙，不想让您操心。她完全用面试的表情和口吻对我说。

那我这几天休假,一直在这里,你为什么不说?

我忘了。

忘了!这话说得如此轻率,简直让我忍无可忍。我几乎用高八度的嗓门吼道,收拾好你的东西,立马走人!我不认识你,从此不要再登我的门!

姨,我……

多一句都不要再说!我说,我不是你姨,也当不了你姨。你太厉害了!

她还是不温不火地说,姨,我买了月底的车票,我想再在我姐这待几天。

你立马给我走人!她不是你姐。我们如此待你,你怎么可以这样做事?你是不是觉得我们欠着你的?请马上离开,再不要踏进我们的家门,一次都不许!

那天她走了,我没走。她像没事人一样,一脸镇静地收拾东西,然后,就那么走了出去,头都没回一下,而且自始至终竟然没落一滴泪。

林树苗说,妈妈,你做得有点过分了。

我说,我做得过分吗?你经历过什么?

那一刻,我不是在吼一个叫周雁来的孩子,我吼的是一个叫周拴妮的女人。过去的那些往事,全都一丝丝涌上心头。

那种苦涩,我咀嚼了几十年,心态刚刚平复,又被搅乱了。

事情过后,我自我反思,对雁来那孩子是太狠了点。我完全可以呵呵一笑,成全她。找到一份好工作,难道不也是我所希望的吗?我之所以生气,不是因为她没告诉我,而是因为我最终没能掌控住她的人生。对,就是掌控,当时我难道不是企图设计一个人的未来,来满足自己的精神虚妄吗?我并不曾要求她在我面前感恩戴德,但却在谴责她的时候义正词严,在我的潜意识里,难道不是试图通过这个孩子,洗却几十年来周拴妮对我造成的伤害,塑造我的以德报怨的拯救者的形象吗?

是她跳出我的设计,伤了我的自尊。而我的尊严高于一切。

如果她提前跟我商量,哪怕提前一天,我都能接受。

其实,无论怎么样,我都不会容忍。还有一个问题让我不胜其扰,她不是周家的孩子吗?她所挣来的,难道不是周家的荣光?在我心里,真正接纳过她吗?

后来据说周雁来上班后拿三千来块钱工资,自己租房子住,过得很紧巴。由此看来,也许这个家庭,尤其是我对她的过分亲热,让她感到有种被捕获的不快?也许另有原因,她在学校里原是谈好了对象的,对象已经在上海工作了。她工作了,收入显然是应付不了各种花费,吃、穿、用还有和男朋友定期约会。我问过好几次,她从来都说没有谈对象。她担心什么呢?无非就是怕我不承担她那个时期的费用。她在对我、对我们设防。

我们之间的隔阂,在代际传递。这比事情本身更可怕,绝不是几个月的温情可以解决的。

林树苗倒是很淡然,说她谈对象的事她一直都知道。她拿着我的卡,说是去广州办学校的事儿,其实有时候是买的去上海的票。林树苗的副卡每刷出一笔钱,手机上都会有提示。周雁来那时不知道,自以为瞒天过海,每回来去还故作姿态地说一些学校里的新鲜事情,林树苗对她是真的给足了面子。周雁来的对象已经签在上海,以我的人脉,是可以给她在那儿安置一份工作的。

真是说不出来的窝火。但已经不是对错的问题了。

周雁来后来给我发过好多次短信,想当面对我解释当时的种种。我置之不理,却一直没有拉黑她。林树苗说,她也一直给她发信息,想通过她做我的工作。

我斩钉截铁地说,你不要掺和!

林树苗说,为什么呢?

不为什么,我说,什么都不为!

12

对周家后代的提携，是周语同站稳脚跟后心中最大的执念。她恨不得把所有周家的后代都收拢到自己手下，一个一个点拨他们，让自己的心血，换算成周家的荣光。没有来由地，她觉得应该对自己的祖辈有一个交代。

侄女周小语自幼跟着她学画人物画，十几岁上就能给杂志画插图。后来她考入中央美术学院，姑姑周语同觉得，根据她的性情和天赋，让她改学平面设计。她缺点灵气，但有足够的耐心，她的踏实和做事认真的态度，让她的老师们很满意。周语同颇为自负，周家的人，都有点艺术气质，也有做成事的毅力和格局。

周小语大二的时候，课业也不是十分紧张，周语同在北京给她找了个老师，刻意让她跟着画了一段工笔花鸟。工笔拼的就是个耐心，能磨性子，也比较适合她。周小语细致，坐得住，临摹作品有模有样的。至于创作，姑姑说，画到一定时候自然会有的。周语同非常笃定,这个孩子自小就品学兼优,样貌又端庄周正,富里生贵里养,自己又肯努力,调教好了肯定前途无限。与别人的看法有别,周语同始终觉得,艺术更多的是靠环境和天赋,而不是只靠刻苦努力。艺术也好思想也罢,那都是靠富贵养出来的。在他们那个小圈子里,她经常这么直白地说。

但她并不否定刻苦努力对成就艺术的作用。有时候,她布置的作业稍重,周小语便露出畏难情绪,但她也不顶撞姑姑。周语同看出她的情绪,便会严厉地对她讲,画画哪有什么天才?天才都是一笔一笔磨出来的,少一笔都不行。你以为姑姑能耐就比别人大?我年轻时付出的是怎样的努力你能想得出吗?冬练三九夏练三伏,很多时候在屋子里一关就是半个月,方便面一买就是几箱。这都不是最重要的,那时就只是朝前奔,可压根儿不知道前面等待我的会是什么。没人指点我,更没人帮我,你爷爷奶奶连一句鼓励的话都没有。我那时的条件什么样?你现在什么样?天壤之别……

你只要好好听我的,自己肯努力,至于你的未来,我会替你安排……

周语同念经的时候,周小语安静地听着,她端端地坐在距她一米开外的某个地方,像一幅画得很精致的仕女图。

长睫毛大眼睛，鼻梁高挺，唇线与生俱来的明朗。轻轻一个微笑，脸颊上的酒窝就美美地溢出香甜来了。

好看能当饭吃吗？周语同自己跑神了。她烦恼地质问她，我说这么多，你听到了吗？周小语点点头，每次都轻声细气地回答，听到了，大姑。但她知道，在姑姑面前她总是错，从来没有对过一次。不管她怎么做，姑姑都有教训她的理由。

这个世界往往事与愿违。

若干年后，周小语离婚搬回了娘家，还带着一个刚刚五岁、张皇失措的女儿。

那个时候她特别无望。此时她已经丢弃专业差不多十年了，活得极为颓废，整天闷在家里，不出去交往，也不与家里人交流。她把孩子丢给妈妈照顾，要么躺在床上，要么卧在沙发上，像一具僵尸，一挺就是半天。这让她本来就不开心的妈妈更加烦躁起来。周小语的妈妈刘青明是个心智单一的人，她从来不会和孩子谈心，更不知道该怎样鼓励女儿振作起来。她表现得比女儿更绝望，好像女儿的苦难都压在她一个人身上。她整天木着脸，就是有一点笑意也是勉力而为，像是被人强迫着借来一个表情粘到自己脸上。这个母亲，她真实地发着愁，她的愁怨把自己淹没了。

举目四望，苦海无边，回头也找不到哪里是岸。她是真不知道该如何安置一个带着孩子离了婚的女儿，这个怎么都不应该出现的问题，突然横亘在她的生命里，让她措手不及。

而对于周小语而言，这场意外就更是始料未及。从小到大，她都是活在别人的规划里。虽然这场婚姻是她自己做主，但多被动只有她自己清楚，这苦窝在心里无处表达，没人知道她临近悬崖般的绝望。

如果说结婚是一个故事，离婚则真真是一场事故。周小语魔怔了，有时候，她一天不说一句话，有时候又像暴发的洪水，逮到一个人，尤其是陌生人，她能将自己的遭际倾泻一空。也不知道哪来的劲头儿，不管人家说什么事儿，要不了几分钟，她就能成功地把话题掰扯到她离婚的事件上，一会儿伤心欲绝一会儿义愤填膺，先是控诉，后是悔悟，过一会儿就又扯到她的母亲头上。听的人都糊涂了，她是仇恨自己的前夫还是在怨愤自己母亲？

家人都认为她是自己找的对象，其实这样说也没错儿，她百口莫辩。不管怎么样，已经走入婚姻了，很多事情很难再回头一笔一笔算出来。老公是一个小老板的儿子，小伙子长得帅，待人接物礼貌周全。可在妈妈眼里，哪哪都不顺眼，完全不配做这个家庭的女婿。女婿畏惧岳母，在她面前逆来顺受。但他越是忍让，她就越是看不上他。周小语带他回一次娘家，小两口就得生一场气。他坐着，岳母嫌他懒。他伸手帮忙，她又责怪他什么都不懂，净是添乱。看一个人不顺眼，无论他做什么事情，不管做好做歹都不会被认可——叙述这些的时候，周小语重重地叹着气，语无伦次，琐碎，繁杂，意气难平。

妈妈刘青明是公公周启明张罗的儿媳妇。刘青明的父亲跟着周启明做了几十年下属。对未来儿媳妇的家庭，周启明是了解的。但他并不十分了解下一代，只是儿子到了婚娶的年龄，同事说起刘家这个在外地读书的独生女儿是个实诚孩子，生得好看。未来的公公听了，觉得这家人的家庭情况比较单纯，知根知底，所以随口就包办了这门婚事。这是周家的传统，父母做得了儿女的主。好在儿子相看了之后，自己也觉得满意。周语同难以想象，若是哥哥那时不同意会有什么后果，父亲会就此善罢甘休吗？很难说。她的两个哥哥的婚姻都是如此，他们对父母的安排逆来顺受，没有表现出一点异议。

刘青明从外省的一家银行学校毕业的时候，周启明还当着县长。她之所以回到家乡的小县城，就是跟这桩婚姻有关。对她而言，丈夫不但家世好，而且生得高大帅气，这让她的同学和亲戚非常羡慕。后来就更好了，多年之后她的丈夫也一样成了一个县的县长。但表面上荣光无限的她，每每说到自己家的事，总是觉得好像走对了方向却搭错了车。世上没有后悔药，可她就是想找到这样的药方。女儿周小语离婚本来是件很正常的事情，可在妈妈心中却是一道耀眼的疮疤，这疮疤明晃晃地亮在全县一百多万人眼前，让她羞愤欲绝。但她最大的权利，也就是抱怨几句，别的无能为力。她越来越喜欢抱怨，习惯于把抱怨揉进生活里，把光亮的日子弄得一团晦暗。

周小语离婚搬回了娘家，刘青明的母亲那段时间也在女儿家住着。周小语惧怕她的姥姥。姥姥原来是县食品公司的会计，退休后百事不顺。先是丈夫因癌症病逝，而后自己又查出了乳腺癌。一次次手术把她折腾得心力交瘁，也将她对生命的热情耗尽。她开始信命，觉得眼前的一切都是命运不济。老妇人整天唉声叹气，连累得一家子人的脸色都暗得像阴天一样。刘青明自己都觉得母亲就像冬天的坏天气一样，总是把身边人弄得潮湿阴冷。开始她还批评母亲，哪有什么命？现在都到了高科技时代了，还拿命说事儿，不怕人家笑话？后来女儿的婚姻出了问题，她自己走不出来了，有个附和她说话的人好歹是个情绪出口。不知不觉，竟然不由自主地信服起这个神神鬼鬼的老娘的道法了。

命运之中，难道真的有一种超自然的东西在支配？

对于女儿的皈依，老娘更是觉得自己厉害。她特地去找到算卦的给外孙女占了一卦，回来后煞有介事地对女儿说，我找人看了，小语这孩子就是命不好，四十岁之前做什么事情都犯冲。人家看了八字，说她婚姻不好，结了也得离。刘青明眼睛都睁大了，事情可不都给说准了吗？

家里有这样一个迷信的姥姥还不够，又加上一个糊涂的妈妈。小语心里烦着，可听得多了，她似乎只能认命了，毕竟把挫败推给命运是最简单的逃生路径。再与人聊天时，她会像她的姥姥和妈妈一样叹着气，唉，不管我如何努力也无济于事，我就是个苦命人！

周小语的名字是祖母朱珠起的。有一次，一个人随口跟刘青明说，这个名字没起好。你看，小语，就是一辈子细声细气，永远不能敞开了大声说话。不能敞开说话的人命能顺吗？她听完，越想越不舒服，真的就让老娘找那个算卦的算算女儿的名字是不是没起好？豆大一个小县城，那算卦的哪能不知道老太太的身份，上回说了那些已经有些后怕，这回反而劝说道，三分在命还有七分在做，运气再差的人，到你家都能改变命运！

每每听到侄女说起这一家子的怪力乱神，周语同就异常愤怒，如何把侄女从那个家打捞出来成了她的心病。什么是命呢？周家的人是从来不信命的。前辈从这个家庭出发投身革命的时候，有谁考虑过命？而当他们的后代遇到了问题，就把它归结到命上？这既对不起祖宗，也是周语同最不能接受的。

刘青明的婆婆一辈子不算卦，也从来不认命，日子过得十分敞亮。她与儿媳妇恰恰相反，从来都满足现状。有一点好她就很开心，遇到难处也都咬牙扛过去了，日子能不好吗？她耐心地劝刘青明说，日子是自己过出来的，感觉好，它就好。感觉不好，吃肉还嫌腻得慌呢！算卦的说了能算吗？算卦的说谁谁会死，就真得躺到床上等死？

刘青明像一个受气包，把无法对婆婆排遣的不满全撒在女儿这里，说，不怨命怨啥？谁谁家的孩子原来还没你学习好，现在在北京大单位工作。谁谁家闺女长得远不如你，却偏偏嫁得好。她叹着气，人家女婿开公司，一家人都跟着移民加拿大了。

妈妈这样说，让周小语觉得生不如死。结婚时，妈妈死活看不上女婿。后来闹离婚，却又是妈妈百般阻拦。妈妈对她几乎是恼羞成怒，对象是你自己找的，婚是你要结的，现在又要离,让我怎么跟别的亲戚交代?周小语的爸爸平时不干涉孩子的事情,关键时候更是袒护女儿。听见老婆这样说话,他忍不住狠她道,你一辈子就是太虚荣,孩子找的对象你嫌弃人家出身,怕人笑话,现在孩子离婚又碍着别人什么事了?凭什么要给他们交代?

这些争吵,已经远远离开了事件本身。周小语婚姻的失败,像推倒了多米诺骨牌,打翻了这个家庭原有的生活秩序,很多原本遮掩得严严实实的东西,都一览无余地暴露了出来。

刘青明很郁闷,她小心翼翼地生活在这个大家庭里,维护着少得可怜的话语权。丈夫忙得一天到晚不进家,其实是他宁肯在外面忙着,也不愿意进家。这让她内心的忧惧与日俱增,她的慌张和不安都写在脸上。过去饱满的面颊,很快就松弛了下来。女儿刚刚结婚的时候,她常常盼着女儿多回来陪陪她。现在女儿彻底回来了,她却被这个现实致命地一击,整个人都垮了下来。

周小语回到这个家原本是想寻求点温暖,但她现在遇到的环境比她的过去更加冰冷不堪。女儿记忆里有妈妈年轻时的样子,她懂得打扮自己,身材高挑又爱穿高跟鞋,走起路来风摆杨柳,搅得一个小城都响着哒哒哒的声音。这才几年呢,她从一个漂亮女人,变成了一个既絮叨又邋遢的中老年妇女了。妈妈每天必须重复的一句话就是,周小语,你离了婚,一个人带着个孩子,得为以后的日子打算啊!在母亲的言语轰炸下,周小语觉得走入了死胡同。她恨不得堵上自己的耳朵,每天望着妈妈开开合合的嘴,心里便不得不想,我离婚了,要有个离婚的样子!

周小语不是没有挣扎过,有时候偶尔和同事逛个街,每每想换一件喜兴点的衣服,立刻从妈妈疑惑的眼睛里读懂她所要表达的:你一个离了婚的人,穿这么漂亮,是有事儿吗?周小语一下子就泄气了。是啊,她一个离了婚的人,为什么还要打扮自己呢?

你一定得低调低调再低调,千万不能显露自己。这样,才能吻合自己的身份,才能在大众场合将自己最大限度地遮蔽起来,不让人家说闲话。

是的,一个离婚女人的身份!

周小语将她的工资卡交给妈妈,请求她替她收起来,她花的每一笔钱都要让妈妈知道。她早请示晚汇报,无论因为什么事情离开家,一定事先告诉妈妈批准。这个家好像不是在面对一次婚姻的变故,而是要面对快到来的世界末日。

周小语曾经是多么漂亮!即使眼下,她也才三十出头,正是繁花似锦的年龄。她在姥姥和妈妈的絮叨里一天天委顿，慢慢的，她也变成了她们，整天木着脸，不说话也不打扮。她害怕别人提及她离婚的事，可人家真的不提这事儿，她又赶着要解释点什么。她怕人家记住她，也怕人家把她给忘了。

周小语是从什么时候开始坠落的还真不好说。那时，她刚从中央美术学院毕业，留在了北京的一家专业杂志做美编。她工作干得好，人又踏实，竟然不断地被猎头公司追逐。后来从杂志社又到央企。不管到任何一个单位，都是众星捧月，一拨一拨地跟着介绍对象，但她一个都不肯去见。

周小语每次从北京回到姑姑这里，但凡有机会，姑姑就会带着侄女参加各种活动，她想让她进入艺术圈子长长见识。姑姑的朋友自然也有给周小语介绍对象的，她迫于压力也去见面，见了几个，回来只说不行。周语同觉得侄女有点异样，便问她是不是在学校谈了对象，周小语矢口否认。她的谎言被表妹林树苗给拆穿了。林树苗告诉妈妈，我姐她是谈了男朋友的，已经交往了好多年了。男孩是她的发小，自幼儿园起两个人就是同学。家里做点小生意，也算有点钱。那个男孩为了追她，工作也不要了，就在北京租个房子，买了辆车，天天送她接她。

林树苗说得没错，就是这个男孩儿。开始，周小语不肯跟他交往，但他天天死缠烂打，让她为难。一来她害怕同事们议论这事儿，二来只要她一说拒绝，那男孩就寻死觅活的。她心太软，害怕伤了人家的一片真情，后来俩人竟然就在一起了。事实上，是那个男孩用感情绑架了她。从头到尾，周小语并没有找到爱情的感觉，但她似乎也并不知道爱情的感觉是什么样子。她彻底被这件事情困住了，既要一边提心吊胆地应对着父母和姑姑，一边又要小心翼翼地对待那个男孩。

　　在周家的后代里，周语同对侄女周小语是寄予厚望的，曾经她觉得她是周家唯一的希望。她听话，其他孩子要么任性倔强，要么软弱得扶不上墙。但女儿林树苗却对这个从小一起长大的姐姐不怎么看好，特别是姐姐的婚姻，她觉得简直是在做游戏。像是三十年代的旧故事，女主角被富家公子控制着，又贪图安逸又心有不甘。可是，姐姐找的这个人，又算得上哪门子富家公子？顶多也就是租个房买辆车，连买套房的能力都没有，那时北京的房价并不算太高。开始林树苗就告诫妈妈，千万不要在我姐身上太用力，希望越大失望越重。她说，你别看你侄女儿长得像模像样的，关键时候根本不行。表面上聪明通透，内里却是个没有主心骨的尿包。

周语同不容许女儿这样评说周家的人,但嘴巴刻薄的林树苗看事情确实入木三分。周小语性格中的缺陷,在这场恋爱中表现得淋漓尽致。她对这个男孩也不能说不喜欢,但也并没有共同走入婚姻的热情。不结吧,总是觉得说不过去,毕竟人家等那么久了。下决心结吧,又觉得不是太合适。至于错在哪里,即使到了后来离婚,她仍然没掰扯清楚。

林树苗对妈妈说,看看,我没说错吧?你们家周小语就是个这样的人,有点浪漫的心却没有浪漫的能力。想要的,没坚持的勇气。想舍弃的,又没放手的胆儿。林树苗又说,那男孩长得确实是好看,像个韩国小明星。但最后却再补一句,我姐脸盲,她并不看重这个。

她不是脸盲,只是茫然。她既不知道如何去爱,也不懂得如何拒绝。她甚至到最后都搞不明白,她要什么她不要什么。

在周小语的婚姻问题上,她的爸爸始终如一地支持了她。他骨子里很守旧,当他知道女儿与男朋友已经交往那么长时间,就主动敦促两家商量着把婚事办了。

周小语是回县城举行的婚礼。男方家亲戚众多,他们从四面八方赶来祝贺,以娶了县长家的千金为荣耀。据说场面很盛大,但周小语的爸妈未出席典礼,他们借口尊重当地的风俗习惯，嫁闺女亲爹娘是不来送行的。周家参加婚礼的人甚少，更不要说周语同。这侄女是她当掌上明珠一手托大的，她却连一句祝福的话语都没有。婚礼之后，周语同才知道，周小语已经辞了工作，不回北京了。周小语怯怯地打电话说，北京生活节奏太紧张，她适应不了。他们决定留在县城里，跟父母一起过慢生活。说完，她怕烫着似的急忙挂了电话。周语同差点气晕过去，再给她打过去，用高八度的声音质问，周小语，有你这样自己往坑里跳的吗？周小语和新婚的丈夫在一起，她对两边都很是尴尬。连忙说了句，姑姑，电话上说不清楚，我回头去家里说，便再次匆忙挂断了电话。

周语同再也没打过一个电话，她真的是太失望了。

周小语的妈妈刘青明对女婿不满意的态度是直接摆出来的。爸爸倒是个明白人，婚都已经结了，再给女婿使性子不是断女儿的后路吗？所以每次女儿女婿回娘家，他表现得比任何时候都热情，每每招呼着弄酒弄菜，赶着和女婿喝一阵子。但毕竟这个女婿不是读书人，俩人并没有多少共同语言，酒喝着喝着，味道就寡淡了。这样一次次反而让女婿觉得难受，这么客套，不明明是不拿他当自家人嘛！天长日久，女婿越来越不肯陪周小语走娘家，他怕和岳父喝酒，更怕看岳母的脸色。

婚是女婿提出来离的。他提出的离婚理由有两条，听起来也确实荒唐。一是他认为周家人看不起他，让他的心理受到了极大的伤害。二是周小语作为一个妻子不合格，且不说家庭生活指望不上她，即使是夫妻生活，她也是中看不中用。他说他们谈了十多年的恋爱，又结了婚，从来没有享受过一个丈夫所应该享受的风情。他用了"风情"两个字，让男调解员忍不住笑出声来。旁边那位女调解员却皱起眉头厌恶地看着这个目光飘忽，魂不守舍的男人。女调解员没依照程序进行调解，她私下里鼓动周小语，赶紧跟他离了，你这么好的一个人，怎么找这么一个下三滥？

老公在外面有了外遇，一个乡下出来在美容院打工的女孩。那女的家境贫寒，人不够漂亮，更没有多少文化，但就是对他好。除了顺从，他觉得她身上有股子劲，热烈得像一团火一样，把他烤得热烘烘的。周小语比起她只能算是贴在墙上的画，虽然好看，但没有温度。没有女儿时，俩人还偶尔浪漫一下，看个电影，一起出去吃个饭什么的。后来有了女儿，手忙脚乱的，夜晚也不肯与他同房了。老公在外面厮混了一年有余，周小语竟浑然不觉。我跟她在一起越过越凉，他对男调解员说，不信你们跟她在一起试试，一块好看的木头！谁愿意跟一块木头过一辈子？

那个乡下出来拼生活的女人颇懂温柔,她进城后,经历了一些男人,挣了一些钱,但肯定没挣到感情。恰逢这个被婚姻压得透不过气来的男人,一个人出来找痛快,开始进美容院也仅仅因为无处可去。这个男人有他自己的处事方式,他不大言语,这样便遮掩了所缺失的教养,而且他帅气的外表和忧郁的样子打动了这个女人。她几乎是有点仰慕地对待他,这让他尝到了被女人敬着爱着的滋味。他渐渐地感觉到了一个有血有肉的女人的好,下了班便带她出去玩儿。到酒店开房是女人主动的,第一次事情过后,他把身上所有的钱全部掏出来给了她。她拒绝了,说她不是为了钱才跟他在一起的。再约了几次,女人哭了,说她爱上他了。她第一次说爱,让他着实吃了一惊,这样的交往也可以说爱?女人发誓说,她是认真的,是真的动了感情。她的话让他感动,想起来出去吃饭开房都是她买单。他想给她买个礼物表达一下,但这个女人体谅他在婚姻里的不得志,不管说到什么,她只说不喜欢。后来她对他说,等你有钱了再说吧。这话说出来更让他感动,这是多大的体贴和期待啊,他觉得她是个过日子的人。交往了一年多,他没给女人花过什么钱,她却给他买衣服买手表,袜子内裤样样都操心。

一个乡下进城讨生活的女孩子尚能识得感情,知道该把它放在哪里，该怎么护爱它。而周小语呢？她精致的躯壳里面，却揣着一颗漠然的心。婚姻不但没有暖热她，反而越来越冰凉，这让他更是感觉到了气愤和悲哀。他觉得，在这场婚姻里，他才是受害者，他付出了许多，最后什么都没得到。

凭什么？她和她的家人凭什么这样对待我？

事情就是这样，周小语的前夫遭遇到了爱情。他义无反顾，决定和周小语离婚，他要对得起那个在别人看来身份低贱的女人。他要娶她！

出了这样的事儿，周小语娘家这边没有什么动静，倒是她的公公婆婆跟儿子闹得天翻地覆。公公破口大骂，说我们家人老几辈子积的阴德，才娶到一个县长家的千金，家说毁就能被你毁了？话没说完，公公掂着酒瓶子朝儿子砸去。瓶子砸在脑门上，血顺着脸颊落下来，落到眼睛上、鼻子上，落到嘴巴里。他舔舔嘴唇，梗着脖子咽了，说，你只要不打死我，这婚我是离定了！

关键时候能拿得起放得下，这倒让刘青明对这个从来都没正眼看过的女婿刮目相看了。她有点反悔，极力劝说女儿和解，毕竟孩子都好几岁了。对于一向洁癖的周小语，再接受这样的男人，简直比杀了她都难。她毫不迟疑地办了离婚手续，转身离开，一分钱的东西都没要。她最后的表现，让姑姑周语同稍稍有点儿安慰。无论如何，她还有点周家人的气节。

再次见到侄女周小语，周语同简直认不出来了。她彻底堕落成了一个乡下大妞，说起话来颠三倒四。她不知道世俗的力量毁灭一个人会这么容易。周语同看着她，一句话也说不上来，胸中却是一腔悲凉。她是多么的失望啊！她恨周家的孩子，一个比一个不争气。但周小语这样迅速坠落，真是把她打了一个趔趄。

事已至此，看着憔悴不堪的侄女，她也不忍心再说什么。她希望，她还能从一堆灰烬里涅槃重生。于是便耐着性子劝她道，离了就离了，现世的婚姻脆弱易碎，哪一家没有离婚故事？摆脱了这些羁绊，只要你肯努力，你的未来只会比过去更好。说罢，她认真地看着周小语的眼睛。她想用尽自己的力量，挽救周小语继续下滑的姿态。

但周小语躲避着她的目光。从小到大，她都被家人捧着哄着，但她似乎从来没有感觉到被娇宠的温暖，抑或是她不能感知人世间的冷暖？她从不索要温暖，也不会温暖别人。这让周语同想到了自己的祖母。这么多年来，天啊，周家人只是在原地兜兜转转！

周小语是周启明第三代人中的第一个孩子,当然,如果他与前妻生下的女儿家的孩子不计算在内的话。在自己的意识里,周启明的确就是这样认为的,他一直觉得周拴妮跟他没什么关系,他对她比周围的亲戚朋友还陌生。自始至终,他与她完全没有衔接起感情的链条。之所以还能承认她,是社会和家庭强加给他的,而不是发自本心。

周小语的降生让祖父喜不自胜,周启明历来重女轻男,至少在态度上是如此。这个第三代小女孩的降生,几乎让周启明脱胎换骨改换了性情。下班回家第一件事就是着人把孩子抱来,满眼满目就只看见一个小可人儿。他并不会和小孩说点什么,也不会抱她,只是拉住手,一遍一遍地呼唤她的名字,语啊,语啊……若是碰巧被外人听去了,还以为这老同志在祈雨呢。

小语扎牙了,小语会走路了,小语会说话了……小语像是一棵心爱的小树苗,每天被捧在手心里。家中所有的人都睁大眼睛,看着她长出一片新叶子,又长出一片新叶子。这孩子生得好,五官端正得像是被工笔仔细描上去的。大而圆的眼睛,挺直的鼻梁,线条分明的嘴唇,团脸笑眉,皮肤干净若玉。最重要的是与生俱来的贵气,小小的人儿就一脸端庄，从来不哭不闹。也会有不如意的时候，伤起心来就默默流泪。和小孩子玩耍，也是一副凛然不可侵犯的小模样儿，似乎生出来与人就有一份天然的距离感。她安静地吃，安静地玩，到了读书的年纪就乖乖地念书识字。家里所有人和她说话都轻声细语，仿佛这女娃是个纸人，大声哈口气就能将她吹跑。别人家的小孩考八十多分家长会处罚，周小语考了八十多分，自己会先掉眼泪。一家子人反而赶着安慰再三，下次仔细一点儿，下一次就好了。周语同那时还没有结婚，她将她一半的收入都花在这个可人的侄女儿身上了。买衣服买玩具不说，只要她成长需要的，周语同都在所不惜。

周语同那时刚刚崭露头角，她用了一个多月的时间给侄女儿画了一幅肖像画，明眸皓齿，天地一新。她给画取了个名字——金枝玉叶。她渴望周家的女孩儿实现自己不曾实现的，完成自己不曾完成的，拥有自己不曾拥有的一切，真的活成金枝玉叶。

金枝玉叶一旦遭摧折，比普通的一枝一叶更不堪。

周语同开始还好言相劝，想让她振作起来。看她日复一日地萎靡，有时便忍无可忍，劈头盖脸地一通骂。你有自己看的那么重要吗？恨不得把离婚俩字刻在脸上？除了你自己，你以为谁还会有心记挂你的这点糗事儿？该长点儿骨头了！你这么年轻，这么漂亮，这么优秀，现在又是一个人过日子，多好啊！可以安安静静搞你的艺术嘛！

"艺术"——姑姑加重了语调。周小语连忙抬头，连忙点头，好像突然才睡醒，目光茫然。

过了一会儿，周语同看到周小语满脸迷茫，又觉得这个孩子打小养得太精细了，话不能说得太狠。她给周小语泡了一杯玫瑰花茶，只一朵，正宗的云南墨红玫瑰。看着那被抽干水分的花朵慢慢在水中二次舒展绽放，香艳异常，周语同的信心又激起来了。她觉得自己的侄女也会像这花一样重新绽放。

周小语喝水的时候小心翼翼，一点声音都没有。她端庄的举止让周语同非常满意，这孩子还有救。姑姑非常耐心地教导她，你的人生路还有很远，你一定放下个人感情，先把心搁在事业上。你一定要努力，你成功了才有天地广阔，才有资本重新建立家庭。周小语那会儿或许是明白的，姑姑是不会任由她再过普通人的日子了。姑姑准确的意思应该是，你在很长一个时期里不可以再谈个人感情，你的目标比过日子更远大！

我能成吗？

我能成为一个什么样的人呢？

周小语有点累，她神情恍惚，想要说点什么。她知道，姑姑是不会容她表达个人意愿的。

你的婚姻失败了，你的人生已经错了一次，我不会再给你机会错第二次了。

周语同没有看到周小语的异常，她极其耐心地继续着她的说教。你知道吗？你比起你姑姑我，简直好到天上去了。我从小到大爹不管娘不问的，你爷爷是个有性格缺陷的人，他对我比对一张报纸都缺乏耐心。他一辈子都不知道，我是他的女儿！即使是这样，我不也立起来了吗？

说着说着，周语同竟然真的难受起来。她始终觉得自己是家里最受歧视的那个。可每当她这样说时，两个哥哥都异口同声地表示反对，他们各自都认为自己才是最被忽视的那一个。

周语同话语越来越稠密，在你爷爷眼里，我也是屡犯错误的人，最严重的错误是我自己谈的对象。女大当嫁，当然不触犯王法。你也是一样，可以有自己的选择。只是，我找对了人，而你误入歧途。周小语大睁着眼睛迷茫地望着姑姑，手中的杯子已经变得冰冷。她没弄明白姑姑这话是什么意思，莫非婚姻也是一场豪赌？您押对了，我押错了，胜败论英雄吗？但现在已经没有翻盘的机会了，姑姑的"错误"成为了美谈，我的错误却永远无法纠正了。

天黑得如此缓慢，周小语太想去睡一觉，最好睡得长久一点，几十年后再醒来。城市灯光不知不觉间铺满了整个世界，但还是有光线照不到的地方。远处钟楼上巨大的钟摆在强光的照耀下清晰可辨，标示着这个世界被时间宰制。周小语煎熬着，钟声终于悠悠地飘过来，她定了定神，已经晚上八点了。姑侄二人就这样相持着。

你不知道我所经历的暴戾，我男朋友写的信，你爷爷竟然丝毫没有想想合不合规矩，天经地义地就拆开看了。你爷爷只看了"亲爱的"几个字，立马让你奶奶把我叫过去。我午睡刚起，睡眼蒙眬，完全不明白发生了什么事。他暴怒之下，一句话不说，劈脸给了我一巴掌，说，你竟然背着大人跟小流氓胡来，从小到大都不学好！我那时已经二十岁了。我怒视着他，女大当婚也是胡来吗？别人给你女儿写信称呼一句亲爱的，就可以定性为流氓吗？他的手掌有多大，手有多重你是知道的。是他一巴掌把我打出了家门，我直接去找我男朋友去了。

后来虽然是你爷爷妥协了，他让你奶奶把我找回去，但是我结婚的时候，他对我和你姑父正眼都不看一下。我不是个令他满意的女儿，我找的对象自然也不会是个令他喜欢的女婿。

就那样坐着，十二月的北方，暖气十足。客厅的每一个角落都置放着名贵的绿植。周小语身边的小茶几上是插在水晶瓶子里的满满一束红玫瑰，厚厚的花瓣儿像金丝绒一样质地精良。周语同发现，可能是因为暖气的原因，坐在自己面前的这个女孩儿好像满血复活了，看起来真的很美很美。她是否应该带她去吃顿西餐？明天带她去逛逛精品店，好让她重找回另一种生活！

但是，周小语深深陷在自己的情绪里，不能自拔。

那一年，我怀着苗苗回来走娘家，恰好你舅爷爷一家从西安来咱们家走亲戚，带了一台照相机。一家人在院子里照呀拍呀。我站在旁边看，忍不住提醒摄影人，布局，角度，背景。这是职业病，就像美容师不能看见别人脸上的黑头儿。你爷爷不耐烦地朝我挥挥手，说你不在屋里待着，在这里干什么？他的手那样决绝，似乎要把我挥出这个世界，似乎我从来就是一个多余的人，根本不是这个家的一分子。我什么时候是过呢？或者是我想严重了，我那时就快要生了。女儿扛个肚子站在人前，他大约觉得是一件很丢脸的事情。

我所要接受的就是如此的冷遇，必须接受。我甚至已经习惯了那样的轻视,并不觉得委屈。如果你爷爷真正变一个态度,对我和蔼可亲了,我还真害怕呢!可是你呢?你爸爸妈妈还有全部家人,都在小心关照你的情绪。你奶奶那么疼你,她已经八十来岁了,现在都不敢提起你。她一辈子都不爱发愁,可是现在说起你,眼泪就没干过。

周小语,你怎么就不能学学我?怎么就不能继承点咱们周家的血性?

说到此,周语同自己忽然疑惑了,她倒真没有思量过这么个问题,周家人都是什么样的血性呢?

是啊,周家人是什么血性呢?!

周小语,我告诉你这些,就是让你明白,我这半辈子为什么如此努力。我就是想让你爷爷他们重视我,我必须证明他们对我的轻视是多么不公允,我就是要混出个样子来。后来你知道的,我是对这个家付出最多,最孝顺的一个。我是要用我的好,证明他们有多不好!

在这句话出口的那一时刻,她再一次疑惑了,在他们眼睛里,我好过吗?父亲一直到死——他可曾认可了我的好?

转瞬之间,父亲已经死去好几个年头了。周语同拿起杯子准备喝水,低头的那一刹那,眼泪突然汹涌而至。她在心里恼火起来，来年清明烧纸，我一定得问问他！

周小语啊周小语，你是如此金枝玉叶，你为什么就不能活出点尊贵呢？她泪眼婆娑地看着周小语。

周语同很自信，她确信这次涕泗横流的深谈会对周小语有所触动。她决定要让她重新拿起画笔，从工笔开始，让她收收心。

周语同除了亲自传授技艺，还给她在颍口找了个工笔画老师，是她的学生，也是个年轻的工笔画全国获奖作者。

那学生看了看周小语的功底，刚开始的时候还信心十足。可过了一段日子，他专门去给周语同汇报说，老师，我教不了，她心不在。

周语同那时候才真正明白，周小语的心丢失了。

13

周鹏程读的是武汉大学测绘工程专业，从本科到博士，成绩都是名列前茅。读博期间在核心期刊发表过几篇有分量的论文,毕业后顺利进入铁道部第四勘测设计院。周鹏程人长得不够帅气,甚至算有点丑。眼睛狭而长,像两个隐形车灯。嘴大唇厚,皮肤黝黑,个头勉强过了一米七,敦实得像个可乐罐子。厚厚的嘴唇一咧开就露出两颗长门牙,嘴角向上眼睛向下,自带喜感,却又给人一种骨子里的憨厚实诚,让人见了会觉得莫名的好感。都说丑人离我们更近,此言不虚。他的长相影响了太多人,从上学到就业没人不知道他是个实诚的乡下孩子。

如果说周鹏程丑,那么胡楠就是怪。胡楠只读了本科就工作了,比周鹏程小了好几岁。她一米六八的个头,不胖,白倒是白,一张长方脸像个剥了壳的银杏果子,寡淡。她的眼睛略微有点斜视。骨骼宽宽大大的,喜欢穿怪里怪气的服装,让人有着琢磨不透的偏中性感觉。不过,毕竟是城里生城里长的青春女孩,神情总是带着混不吝的自负,时间久了倒也能习惯她的做派。胡楠是个二流大学的毕业生,专业也完全不对,没人知道她是怎么进的设计院资料室。人才济济的地方,并没人上心这么个不怎么出众的女孩。

周鹏程去资料室查了几回资料,就和胡楠熟络起来。开始的时候,聊天总是漫不经心。胡楠很小心,她觉得她藏得很好。周鹏程却从她的漫不经心里,迅速捕捉到某种气息。一个月后两个人开始约看电影，胡楠大咧咧地走在前面，周鹏程低眉顺眼，像盯梢一样远远地跟着。两个人出去吃饭购物，十有八九是胡楠付账。这姑娘不缺心眼，她是不稀罕占人便宜。这样交往了一年多，胡楠提出要周鹏程跟她回去见家长。周鹏程也是个不知道什么是怕的主儿，见就见吧，还能把我吃了咋的？况且，连见面的礼物都是胡楠提前准备好的。他觉得胡楠虽说不上是故意做小伏低，但最起码垫这么一脚，让他觉得自己也并没有攀附。

　　进了门，周鹏程着实吓了一跳。真没想到打扮得普普通通的胡楠，生长环境这么优越。房子特别大，家具的高级程度远远超出了他的想象。进了屋，到底有点儿手足无措，行动免不了不自在，仿佛走进了电视剧里。一个四十来岁的女士忙里忙外的，长得体面，穿得也周正。周鹏程起初还以为是胡楠的妈，赶着叫人阿姨。被胡楠一胳膊肘子顶坐到沙发上，说，哪里是阿姨，喊姐！周鹏程跌坐在沙发上。胡楠拿来拖鞋要他换上。胡楠玩手机，周鹏程喝茶嗑瓜子儿。他适应能力极强，只一会儿的工夫就融入到家庭氛围里，到书架前翻了翻书，又打开电视看了一会儿新闻。他一般不肯像胡楠那样玩游戏，缺时间。如今到了别人家中，更是注意自己的言行。隔了差不多一个小时女主人方才回来，说是出去做护理了。周鹏程并不懂得做护理是什么意思，只见这胡妈妈肤若凝脂，发如青丝，不高不低，不胖不瘦。她极妥帖地冲客人打了个招呼。胡楠低声对周鹏程说，我妈。周鹏程赶紧站了起来，恭敬地喊了声阿姨。胡妈妈朝他微笑，并未过多说客气话。她脱了外套和高跟鞋，换了绣花软缎的拖鞋，又进里屋换了质地精良的家居服出来。周鹏程怎么都想不明白，他呆呆地看着，这么精致漂亮的妈怎么生出胡楠这么个粗枝大叶的女儿呢？他小声地问胡楠，你是你妈亲生的吗？换来的又是一胳膊肘子。湖北女孩凶，胡妈妈却是和气，她坐下来，跟周鹏程聊了半天周家的父母兄妹，连连地赞叹，寒门出贵子，真不容易啊！坐下说了一会儿话，饭菜已经停当。在周鹏程看来，饭菜准备得太过奢侈，热的凉的精细得像艺术品。说是在家吃便饭，这不经意的用心，很是让他心里熨帖和感动。他看了一眼胡楠，胡楠若无其事地在看手机。

待碗筷摆齐全了，胡爸爸张天酬才从书房出来。他看起来矮小瘦弱，眼镜片比周鹏程的还厚。他也不说话，旁若无人地坐到餐桌上，拿筷子点了点周鹏程又点了点旁边的座位。胡妈妈朝他笑道，你看看你这礼数，也不怕人家孩子笑话。张天酬也不理她，等着周鹏程入座。周鹏程恭敬地喊了一声张总,倒真有点胆怯起来。他自然认得他,张天酬是设计院的总工。胡楠和他一样,随的是母亲的姓。

坐吧!张天酬摘下眼镜,看也不看他。

哪里还需要介绍,恐怕档案都是提前审过的了。所以那天的饭周鹏程开始吃得忐忑,后来越吃越踏实。食勿言,冷场面里却是热络。让他进家,自然是已经核准通过了。

周鹏程娶了胡楠。胡楠是独女,本来应该跟着父母住在家里。张天酬嫌闹,把过去的一套老房子重新装了装,换了家具,小两口白天回父母家吃饭,晚上回小家里去住。

婚后很久,周鹏程还犯着迷糊,这就是传说中的鲤鱼跳龙门啊,过去怎么敢想象有这样的生活?但越是这样想,他越是矜持,脸上一副见惯不惊的表情。胡楠与他交往一年多,哪里不了解他的小九九?但这却是胡楠喜欢他的原因。虽然出身低微,他却有着超强的适应能力,而这种能力会让男人显得不卑不亢。

婚礼过后,周拴妮才被儿子接了过来。这也是周鹏程的世故,他可不想让母亲在婚礼前过来搅局。但婚后即让她过来认门,也是向胡楠亮一下态度,他的父母在他心里还是有位置的。原本是想让爸妈一起过来,是周拴妮决定自己一个人来,好省一张车票钱。刚下火车她便大模大样地问儿子,头回见面,肯定要给儿媳妇个红包,五百块少不少?儿子斜着眼朝她笑了笑,说,多了。她说,那就给三百吧?二百拿不出手呢,现在咱村里都二百了呢!儿子递给她一个大红包,说,就这吧!她捏着那么厚一沓子,约莫着不会少于五千,神色有点儿不快。她说,这够你妹妹一年的学费了。周鹏程正色道,就这样吧,别多说了。

周拴妮见了胡楠,先把红包捂在胸前,说,咱老家的规矩,头回见儿媳妇要给你个大见面礼!胡楠乐呵呵地看着婆婆,调皮地问,多大呢?周拴妮认真说,可大!说着就把红包朝胡楠怀里塞。胡楠并不接那钱,用手拒了说,跟你开玩笑呢妈,我们有工资,怎么能要您的钱呢?周拴妮听了便把钱抓在手里,转头去看儿子。周鹏程从母亲手里抓过红包来递给胡楠,说这是我们老家的规矩,一点小心意,图个吉祥。胡楠只得接了下来。隔天跑商场给婆婆买了一大堆衣服鞋子。周鹏程告诉妈妈,这可都是名牌,仔细着穿。周拴妮用手掂掂那些衣服,说,城里的卖得贵,一件怕能买乡下三件。她言外之意,买这些不实用的花里胡哨,还不如给她现钱。周鹏程瞪她一眼低声说,这是城里的规矩,儿媳妇见婆婆也得表达个心意,你收起来就是。周拴妮可惜那些钱,满心的懊悔,情绪都带在脸上,晚饭少吃了一个馒头。她又哪里知道，这一堆东西，那个红包是远远不够的。

儿子媳妇去上班了，婆婆在家片刻不消停。该吃吃，该喝喝，各种零食都要打开尝尝。冰箱里汽酒可乐酸奶什么的，都是些年轻人爱喝的饮料，她也可着胃喝了几罐。儿媳妇的洗漱用品和化妆品也一一试过。胡楠回来看见卧室和卫生间乱成一团糟，倒也不吭声。婆婆见媳妇这般听话，骄傲着儿子本事大，越发要逞强，对儿子指东拿西，颐指气使。有时周鹏程尴尬得不得了，故意当胡楠的面说她几句。胡楠反而一一替婆婆拦下。

周末，胡楠对周鹏程说，爸妈想请婆婆回家吃个饭。周鹏程这回坚决不同意，说那可不行，爸那么忙，不能再给他们添麻烦。其实他是清楚地知道母亲上不了台面，担心这样的妈会让他们轻看。胡楠自然知道他的心思，说，你也别担心，我爸妈就那种性格，对谁都一视同仁，何况一家人不用拘礼。不过也别让咱妈计较，他们对人再热情也不会表现在脸面上。既然同意我嫁给你了，我爸妈不会挑剔女婿的家人，他们接受了你，就会接受你的家人。

见老婆这么说，周鹏程反倒不好意思了。他心里热了一下，脸上却未表现出来什么，只是淡淡地说，我也不是那个意思。

那天的饭吃得还算愉快。周拴妮毕竟去了父亲家里那么多次，多少也懂点规矩。现在进了大城市，也不知人家什么底细。待进门看到家中的吃穿用度,惊得话都不敢多说，所以一举一动并没有太出格。母亲的表现虽然让周鹏程一颗吊着的心终于落了下来，但胡楠父母刻意的热情和谦让，倒让他有一种说不出来的感觉。他们一会儿给她夹菜，一会儿给她盛汤，一会儿又给她递餐巾纸。这是他第一次见岳父母这么客套，肯定是胡楠已经提前做了功课。他想起第一次去他们家，他们那么平平淡淡，更有一种让人温暖和踏实的亲近。过于谦让了，反而是一种逃避和嫌弃。但人家做到这种程度，周鹏程也无可挑剔。

去胡楠家吃完饭回来，周鹏程又让母亲住了两天，就赶紧给她买了返程票。周拴妮欲说不走，儿媳妇胡楠却并不挽留。儿子不容分说，买了些路上吃的，临走又塞了一大把钞票，连哄带劝把母亲送走了。

周拴妮从儿子媳妇那里回来了。她烫了头，穿了儿媳妇买的新衣服新鞋，每天在村街上来来回回要走很多趟，笃笃笃的鞋跟声响彻一个村子。儿子娶了个大官家的闺女，住上了大房子。我的娘哎，跟电视上的宫殿一样排场！

那听的人便站下来,半真半假地说,让儿子回来呗。回到老家来,镇镇那些不知天高地厚的狗官!

周拴妮笑得直不起腰来,撇着嘴笑道,老天爷,让他回来?他要是肯回老家,给个县长他也不会干!

周拴妮说到县长,那些人便嘿嘿嘿地笑,也不好再接话了。毕竟她的父亲在老家还是有威望的,从来没人敢拿他当笑话说。

周拴妮穿戴齐整,特意去城里两个兄弟家走了一趟亲戚。父亲周启明去世后,周拴妮倒是照常去两个同父异母的兄弟那里走动,和父亲在时一样,这倒让人生出某种敬意来。人见面活,树扒皮死,假亲戚都能走成真亲戚,更何况到底是一个爹生养的亲姐弟,世俗的亲亲之道竟然是有道理的。两个弟弟本来就不像妹子那样不待见她,甚至还多有可怜心。见她在几十年打拼里把日子过得结结实实、红红火火,也真心敬重她了。他们认真地接待这个喜气洋洋省亲归来的姐姐,一大家子亲戚在饭馆里热热闹闹请了两回。他们是真心替她高兴,看着姐姐几个孩子都成器,打心眼里盼着她好。

周拴妮也不见外,大剌剌地说,你们俩当舅的,有啥事只管找你外甥去!娘舅大如天,啥事看他敢不办?两个兄弟笑着连声说,好好好,一定去。他们自然不会去找外甥,河南到武汉八百里远,怎么可能会去那里办事儿?但他们知道姐姐心里的高兴和自豪,也就刻意成全她。吃饭的时候,周拴妮拨通儿子的电话。两个舅舅轮流在电话里对周鹏程说了许多赞许和鼓励的话。明亮柔和的灯影里,人声鼎沸,亲情弥漫。一切物什都虚幻飘渺,时间滤尽了杂质,久违的亲情在刹那间被激活了。

后来,大舅的儿子周天牧去武汉出差,曾经给周鹏程打电话约了一顿饭。周天牧学的也是工程。他这学上的,说起来都是泪。说是他一个人读书,其实是全家都在读书。为了他考大学,全家人有钱出钱有力出力。妈妈请长假陪读,他念初中就在初中旁边租房子,念高中就在高中旁边租房子。一个孩子花了人家几个孩子的力气,才勉强上完本科。姑姑周语同催着让他考硕,承诺念书期间所有的费用都由她出。他却死活不肯念了。全家人都下手,四处托关系找门子,好歹分配到省会一所二级学院当辅导员。周天牧人倒是生得高高大大,举止文绉绉的,就是个中看不当用的。

周鹏程对这个表弟很是客气,两个人先喝了一瓶茅台。他还要开第二瓶,周天牧怎么都拦不住。酒是胡楠从家里拿的。一向稳重的周鹏程那天意外喝大了,酒把他带回了过去，带回了那些灰暗的日子。他想起了母亲周拴妮瘸着腿干农活的样子，他想起了他智慧却生活得像贱民一样的父亲。母亲还算挣出头来了，父亲呢？周拴妮一辈子很少让丈夫进自己的父亲周启明的家门，要么是家里地里走不开，要么仅仅是为省一张车票钱，要么是觉得他跟着净是碍事。其实她心里最明白，即使他跟周拴妮生了四个孩子，周家那边的人似乎也没谁真正接受周家这个上门女婿……周鹏程突然眼前模糊了，泪水不争气地流出来。在周天牧面前，他喝多了酒，大有翻身农奴把歌唱的自豪，或者是我胡汉三又回来了的霸气。而且，他的根底还未曾在胡楠面前炫耀过。毕竟，他的家世，他的姥爷和太太姥爷，都是共和国的功臣啊！他也该算是名门之后吧！但他不知道该从何说起。他站起来，摇摇晃晃地，挥手在自己面前画了个大圈，豪气干云地说，我姥爷要是活着，我请他吃遍整个武汉城，顿顿都是这样！顿顿都喝茅台酒！

豪气过后，他颓唐地坐下来，醉态毕现地望着一桌子菜，一杯一杯地喝酒，一句话也不肯多说了。他嫉妒他的表弟，即使他博士毕业，即使他娶了胡楠好多年，仍是觉得意难平。周天牧可以不读硕不读博，他敢于任性，那是因为他有任性的本钱。他们这些含着金汤匙长大的人，金钱和名利都无所谓。即使输了,也是惬意的,是他们自己愿意输。他周鹏程呢,他是周拴妮的孩子,他输得起吗?稍微一失脚就会跌入万丈深渊。他的被周家抛弃的亲姥姥让他们都姓周,可他算是周家的孙子吗?小时候年年跟着妈妈去姥爷家,妈妈一心炫耀她生的这个儿子。而在家里,特别是在倒插门丈夫跟前,她开口闭口说的都是她城里的爸。可那个姥爷根本不在意他的存在,在他们眼里,能让他周鹏程进入这个家庭,已经是开了天恩了。

在一个孩子心里,屈辱和卑怯来自亲身感受。周拴妮从来不知道儿子心里想什么,儿子也从来不和她说什么。从小到大他都是乐呵呵的一个人。他打心眼里瞧不起妈妈。但他可怜她,他所有的努力都是为了让妈妈有一天能够在周家活成个人,活得有点尊严。

周鹏程醉了,一度痛哭流涕。这让胡楠看得目瞪口呆,她第一次见周鹏程如此不体面。再看看年轻的表弟周天牧,沉稳有度,不疾不徐,礼貌周全,一直微笑着安慰表哥,也顾及着胡楠的感受,一看就是大家调教出来的孩子。

两个人把周鹏程安置在边上的沙发上躺下,开始聊起了家常。胡楠好似这才知道,表弟和表弟媳妇都在高校工作,刚得了个儿子。在胡楠的恳求下,周天牧拿出全家福照片。

胡楠看见表弟媳妇可真是个大美人儿，瘦高个儿，长发及腰，穿着白色的连体衣裤，一张清水脸漂亮得像张曼玉似的。她一边为周鹏程刚才的行为开脱，一边努力把话题转移到周天牧和周家其他几个孩子的家庭上，成功地把刚才的尴尬演变为一家人的热络，让周天牧对这个大城市生长的表嫂子心怀敬意。

应胡楠的请求，周天牧把她拉到了周家的微信群里，并把她介绍给大家。在虚拟世界里，历史已经漂浮远去，留下的只有现世的美好和对未来的期许。没人再介意过去的事情，小时候的不愉快，反倒成为一种有趣的回忆。

后来，在这个群里，胡楠熟识了林树苗、周河开、周雁来和一众兄弟姐妹。胡楠从他们的只言片语里，更加了解了周家的枝枝蔓蔓和她的丈夫周鹏程。

胡楠看到林树苗晒出的照片和视频，她的大儿子要么在练习高尔夫，要么在骑马。小女儿才一岁多，已经开始学游泳了。她对周鹏程说，北京到底比武汉大，你这个小表妹过得可真自在。周鹏程说，我这个妹妹打小就优越感强，性格像我语同姨，说话直截了当，倒是不盛气凌人。胡楠说，你的意思是你姨盛气凌人？周鹏程笑了笑，没再往下说。胡楠说，苗苗倒是不做作，率性而为，我看她比河开姐姐更简单，我很喜欢她。周鹏程假装嫉妒地反问道，莫非你不喜欢河开大姐？

唉，胡楠佯装叹了口气，你们周家的人啊，都太敏感！

有一次，胡楠和林树苗私聊，说着说着就扯远了，不知道为什么聊起了周河开。林树苗问胡楠，旁观者清，你和鹏程聊过他姐姐周河开吗？你们觉得河开姐姐当初嫁给她的导师是带有目的吗？

胡楠说，可爱的苗苗，你也读过大学。你知道在大学里这样的事情很多，不仅仅是师生之间，同学之间也有啊。不能因为发生在河开姐身上，就变成利用了吧？很多人，很多事情，都不能离开彼时彼地，去单纯地理解它。胡楠还说，鹏程特别能理解姐姐，他觉得姐姐并没有做错什么。的确，很多事情是很难用对错说清楚的。离开当事人，离开当时的环境谈这些，确实很难，尤其是我们这些外人。然后她反问林树苗：我看你写的小说里，有这个家族的影子。你是想全方位地探索这个家庭吗？

全方位？我的天！林树苗说，这个家庭的复杂程度，我们是无法想象的，我觉得没有任何人可以全方位地描述。但是，我怀念我的姥爷，我真是想多写写他。其实讲真的，把他写出来了，也就基本上说清楚了这个家族。他留给这个家族的是一个背影,在每个家族成员眼里都是不同的人设。我妈妈,鹏程的妈妈,包括我的舅舅们,甚至周家的这些亲戚们,他们每个人叙述的我姥爷都不一样。我想了解姥爷的过去和现在,然后将这些故事写出来。我想用这种方式表达对姥爷的纪念。

胡楠说,这个家族确实值得一写,它的所有故事都是基于婚姻展开的。好和坏,都是基于婚姻。那么你仔细想想看,我们追逐婚姻,依赖婚姻,到最后却因为婚姻恨了一辈子。这样的人生,有着怎样的复杂和怨叹啊!

林树苗说,我亲爱的嫂嫂,感谢你这么善解人意。你是我们群里唯一一个愿意和我心平气和地讨论周家的人。说实话,从小到大我都很有优越感。不过现在我才觉得自己是盲目自负,在咱们这个群里时间长了,我发现真的是藏龙卧虎啊!我妈一辈子都在纠结周家的后代争不争气,那是因为她不屑于了解我们。她端着架子生活在云端里,不肯纡尊降贵,多看咱们一眼。

胡楠笑得两眼泪流,她饮着果汁,呛得差点儿背过气去。她说,周鹏程就说特别怕他这个姨。除了你,没有人敢这样冒犯你的妈妈吧?

的确,林树苗在这个家族群里显然是个核心人物,借助写作的由头,她似乎把握着话语权。有一次过年,大家都在发红包抢红包,她突然对周河开玩笑道,河开姐姐,我想现场采访您一下。

河开也笑道,愿闻其详。

林树苗说,您能给我说说您和老师之间的感情吗?

周河开说,现在?在群里?

林树苗发了一个笑脸,后面是一大串感叹号。

周河开说,说就说,我还真想当着大家的面说道说道呢。我和老师的感情啊,那还真不是几句话可以说清楚的。但我永远敬重我的老师,他于我而言,亦夫亦父。我们结婚也是经过慎重考虑的。当然,那时我择偶的标准不一样,我首先得考虑自己活下来,然后才能考虑怎么活。

那后来呢?

你是说我和后来的丈夫吗?

是的,你觉得是找到了真正的爱,还是赌气做给别人看的?

周河开说,你后面这句话,冒犯了你姐姐我。而且我对你的这个观点非常敏感,好像咱们周家人都是为了赌一口气才如此生活。咱们一代一代人都必须是活给别人看的吗?

林树苗说,河开姐姐,您别想太多。其实也可作此解,从某种意义上说,每个人的生活都有展示给别人看的动机。

周河开说,你这未来的大作家,什么事情可以这样抽筋剥皮地打探?我告诉你,我和你一样,虽然你有一个好父母,虽然我不能拥有你那样优渥的物质基础,但我一样有感受爱情的能力。

林树苗说,河开姐姐,您别说我。我跟你们都不一样,我还没懂事就开始叛逆。

哈哈哈,周河开笑道,叛逆也要成本啊。任性和叛逆,都需要安全感很足才可以吧?如果没人纵容你,你第一次叛逆就失去一切,你还敢叛逆吗?

林树苗说,我只是想了解一下,您和后来的姐夫是真爱吗?

我说我是真爱,我和他一见钟情,我豁出去离婚,就是想要和爱情生活在一起,你相信吗?

林树苗说,我信。可你那么决绝,不怕你的女儿恨你吗?

周河开那边可能忙着,过了老大一会儿才回复道,待她为人妻为人母时,我想她会理解的。

林树苗说,其实,我是想到了困惑这个家族几十年的问题:你又留下一个缺失亲人的女儿,真的不曾担心过,她会像你妈妈那样在怨愤中过一辈子吗?

周河开说,你所说的怨愤,我可能会理解成冤屈。我也不觉得我妈妈有什么错,甚至包括姥爷他们或许都没什么错。说句俗话吧,是时代的错。现在我们已经不是那个时代了。我的老师是个好人,也是个能跟上时代的人。我相信他在代际间只会传递爱,而不会传递恨。而且我觉得在这一点上,你姥爷,当然也是我姥爷,是一个好榜样!

14

有一天,在群里常年潜水,几乎不怎么露脸的会计师周雁来,突然给林树苗发了一个私信。她说,树苗姐姐,我看你常常在群里和胡楠嫂子聊写作,要写写周家的历史什么的,我写了个小东西,你看看对你的写作有没有用处?

林树苗说,我只是那么一说,现在还没开始写,一直不知道该从哪里开始。不过,我相信你会写得很好,河开姐姐说你的作文曾经在高考时拿过全市第一名。

周雁来道,那都是过去很久的事情了,现在也不怎么写了。我写的这篇东西，虽然是有感而发，但说小说不是小说，说散文不是散文。你有时间就看看吧。

说完，她就把文章给林树苗发了过来。

周雁来写的文章题目就叫《穗子》。

  穗子闺女女婿的大名叫刘复来，家庭成分是地主。他叫复来，他哥哥叫复盛，想来他爹给他们起名字的时候，心中对眼前的窘困该有多少不甘。

第一段读下来，林树苗感觉自己的心跳突然加速。她把文章迅速转给了周河开和胡楠，然后给周河开发微信说，想哭！

雁来，林树苗给周雁来回复信息，亲，我都要哭了，谢谢你。你这个开端，让我找到了作品的调性，知道了我的小说该从哪里下手了。

周雁来没有回复。林树苗一口气读下去。

  那会儿，穗子听媒人说了这家人的情况，一味撇了嘴不说话，眼里满是对媒人的不屑。把我们家看成什么啦？虽然都是地主，地主跟地主能一样吗？况且这刘家弟兄一拉溜四个大男人，只老大娶了个腿脚不全的，剩下的全是光棍儿。屋还是土坯房，房顶上的麦秸每年不爬上去苫一苫，怕是屋里院里没啥区别。老大娶了媳妇住堂屋西间，剩下这三兄弟就挤在偏屋柴房里。一年累死累活也就分那点儿粮食，几张嘴吧嗒半年就见底儿了。就这样的家还想着娶我们拴妮子？不笑话人吗！

媒婆见穗子这个样子，也不好说什么，揉了揉鼻子，站起身尴尬地说，刘家这孩子，还真不好找。本来就穷，还非念个高中。多读了几本子书，就眼高手低，高不成低不就，也真是活该！

"高中生"这仨字入了穗子的心，高中生？穗子脸上刹那间显出不一样的神情来，他家穷成那样他爹还让孩子念完高中？

高中生在当时的农村孩子里是很少的。那时候虽然上学并不花什么钱，但读那么多书对于一个地主崽子来说有什么用途呢？但这个文凭偏偏对于穗子就有了作用，她眼里看重这个。

刘复来的确是个名副其实的高中毕业生。穗子看了相片，模样还是蛮周正的。于是，她叉了腰对那媒人说，我看这样子吧，你回去说，我家拴妮子不要一分彩礼，只一个条件，男的过来当上门女婿，将来生的孩子都跟着周姓！她眼看着那媒婆笑得脸上开花，便黑了脸恶狠狠地补充道，要是这条件不中，就不跟他们瞎扯白了。

她话说得斩钉截铁。一个村里住着，媒人是知道她的性情的。穗子说得没错儿，虽然他们与刘庄那家一样都是地主，可上周村穗子这个地主婆比一般的贫下中农还要硬气，因为她是周启明家的。这地儿管谁的媳妇不喊名字，都是称呼谁谁家的。穗子自从嫁到上周村，就被人称呼启明家的。后来周启明在外面做官和穗子离了婚，但离婚不离家，穗子一直到死都还是启明家的。在上周村，别说让她挨斗，村干部打她家门口过都是敛声屏气的。明摆着照顾还蛮有说辞，孤儿寡母挺可怜的。村里人全都姓周，打断骨头连着筋，所以也都没人吭声。谁看不见，虽说是离了的，那周启明不照样得寄钱寄物伺候着？那周启善每次回来不照样得嫂子长嫂子短地喊着？谁敢招她惹她？指不定哪一天，就有求人家周启明周启善的时候。地也是周庆凡帮着种，人家母女俩寸草不拈。拴妮子还时不时地去城里她爸那儿住两天，吃得好穿得好，回来还大包小裹地带一堆东西，连走路都是鼻孔朝天。

媒人给刘家回了话，那家的爹妈连人家闺女长啥样都没问，就失急忙慌地应下了。二十大几的人了，下面还有俩弟弟，都树桩子一样杵在几间破房子里，真娶家来住哪呀？别说让孙子姓周，就是让儿子改姓周，他们也是打着灯笼没处找的呀。

倒是吃饭的时候，哥哥刘复盛表示反对。他的理由是，倒插门哪是找媳妇儿？这是去给人家当媳妇！人家那女家才是娶亲。这丢人打家伙的事儿，明白给家门上抹屎，今后还怎么让我们底下这俩兄弟寻媳妇？他话还没说完，爹猛地啐了他一口，说，你是饱汉子不知道饿汉子饥！日你娘，就是去给周家当媳妇，能轮到咱也是修了八百辈子福了！

拴妮子见了刘复来，中等个儿，四方排脸，白净子，哥哥结婚时的不合身的衣衫也藏不住几分书生气，打心眼里就欢天喜地了。她也不看她妈的眼色，跑厨屋里打了一碗鸡蛋茶，十二个鸡蛋愣往一个碗里装，白玉样的荷包骨碌碌地直朝碗外滑。穗子看见，脸子拉下来，瞅个空悄声骂道，一辈子没见过男人？我看你魂儿都丢了!拴妮子才不管这些,找个高中生,城里那几个弟弟妹妹不会再嫌我没文化了吧?

刘复来却是不卑不亢,也可以说是心灰意冷。他只求解决问题,哪有心情认真计较别的事儿?全依了爹娘的意思,到了该娶媳妇的年纪,找个女人而已,能给家里减轻负担才是最主要的。他几乎是没心思看那周拴妮长什么样,反正不聋不哑,全胳膊全腿,是个女的就行。隔了几日,寻个赶集的日子,刘复来他娘相看了拴妮子,倒是喜欢得紧。高大白胖的一个大闺女,那个富态,哪是穷家小户的孩子能比?况且她也不扭捏,见头一面就叫妈,眼泪都给老人家喊出来了。到底人家是大官家的闺女,大方。

待女婿上门,穗子对这个姑爷也是挑不出理的,话少,干活舍得下力气,对拴妮子顺从,对她更是恭敬。不过比起周家的男人,甚至包括周庆凡在内,他还是缺少了一种气,至于是什么气,她也说不上来。周家男人哪一个不是生得高高大大的汉子,而且个个都有娘胎里带出来的贵气。这女婿却是秀气了点,看人的眼神也不够实诚,总好像有心事藏着似的。不过,真要和他面对面说起话来,横竖挑不出毛病。不去理会这些吧,心深处分明有个硬硬的东西在,夜间像个老树根一样扎在怀里。细细想来,穗子恨得牙根疼。当初应下这门亲事,还不是因为拴妮子岁数大了,高不成低不就地悬着,硬生生地给拖成了一个老闺女。若不是这地主成分,还有周启明那个混账无情无义,咱家这拴妮子还不得打着灯笼找女婿?你刘复来若是心里还有委屈,可真是不识好歹了!家里穷成那个样子,结婚时里外三新的衣服都是拴妮子给张罗的,布料怕都是他家见都没见过的。结婚的时候,周启明虽然没回来,但是给买了一辆自行车。自行车难道是谁家都能有的吗?别说上周村了,就是满公社看看能有几辆?他进了周家,顿顿饭都是端到脸上,可他愣是不咸不淡的表情。瞧拴妮子那个巴结样儿!不过反过来想想,穗子心里倒又有几分看重,毕竟是家里唯一的男人,要真是觍皮上脸,做小伏低的,她倒是看不上的。她们家在村里,不就是缺少一个不卑不亢,能往人前站的男人嘛!穗子看任何男人都是用周启明作标准,念过书,长得气势,说话办事斩钉截铁,对人和气的时候却又软和得像个绵羊。尽管周启明从来未对她和气过,就是后来见着她,也是旁若无人,但他一句狠话也没对她说过。

穗子之所以看不起周庆凡，是她看人的标准一开始就框定在周启明身上了。周庆凡长得高大周正，也识大礼，但他少了周启明身上的书生气。虽然同在一个锅里吃饭长大，但他的过于谦和忍让，怎么看都还是一个下人。自小到大，穗子眼里的人和人都是不一样的。她穗子嫁的是一个少爷，哪怕过一天，她也是周家的少奶奶！

都说穗子是个苦命人，没有男人缘，但她自己可不那样认为。村里人都不知道，连周庆凡和拴妮子都不知道，曾经有一阵子，镇上有个开胡辣汤店的小店主死了婆娘。穗子和拴妮子是店里的常客。人家待她好，每次赶上她娘俩去喝汤，那店家都是兜底捞一碗稠的。有一回，另一个喝汤的人和店主吵起来，说看看人家，花一样的钱，我这汤稀得都能照见人影儿了，人家的能插住筷子！那店主被叨叨烦了，说我高兴，我想把店送给人家，你管得着吗？后来那店主真托人找到穗子的娘家哥，要说合说合，他看上穗子了。要是愿意，过了门全依她，就连拴妮子也会当亲生的待。穗子的哥哥觉得是个求之不得的好事儿，上门去和穗子说了。穗子还未听完，就提着她哥掂来的点心匣子和几块花布扔到门外，恨恨地骂道，真是猪脑壳子，有你这样瞧不起自家妹子的吗？我就是饿死，也不会嫁给一个卖汤贩水的吧？若干年后，乡亲们中有人在郑州工作，回来说镇上有一家在郑州卖胡辣汤的发大财了，儿子后来又投资做房地产，家里有多少多少钱。穗子听了只是冷笑，她早听人说那家发达了。她并不后悔，再有钱，也不还是个油渍麻花卖饭卖出来的。让他见见县长试试，还不照样得腿肚子转筋嘴打嘌！

穗子娶了女婿，也把自己收拾得周正起来。她真正在周家顶起了门户，是周老夫人，做每一件事情都照着当年奶奶的样子。她从来没吵过女婿，但言来语去却透着威严，不容置疑。她活一天，这个周家就由她说了算。

恢复高考那一年，拴妮子家的周河开已经一岁多，开始牙牙学语了。有一天，一家人在饭桌上吃饭，刘复来很郑重地对岳母说，现在可以考大学了，不限年龄，也不讲出身了，即使结了婚也可以考试。他几句话就说明白了，妈，我想参加高考。老太太还未搭话，拴妮子已经激动得碗都端不住了。穗子一看就知道小两口提前没有过话。这么大的事，他都不跟媳妇言一声，他心里把拴妮子当事儿吗？穗子的脸顷刻间拉下来了，把筷子放在碗上，耷拉着眼皮子不说话。拴妮子也不看她妈，只顾自己激动着，好啊好啊好啊，我支持你考！从今天起，家里地里的活儿你都不用做了，只在家念书就行。

穗子嗯了一声，好似嗓子里有痰似的，干咳两下，清了清喉咙。俩人知道她情绪不对，都拿眼睛瞧着她。穗子说，那大学，不是谁想上就上的。不考也罢！

咋啦？拴妮子直愣愣地瞅着母亲，眉头皱得像两条豆虫。

穗子重新拿起筷子夹了一口菜，说，不咋，说不让考，就是不让考！

刘复来低着头看着自己的脚尖，不再说什么。拴妮子看看他，又看看自己的母亲。啪的一声脆响，碗摔地上了，面条撒了一地。一群小鸡听见动静冲进屋里抢食，拴妮子一脚一脚踢过去，鸡们嘎嘎嘎地叫着逃出去了。她气得喉咙都细了，尖着嗓子嚷道，妈，你咋不能盼人个好儿？我小时候你不让我上学，害我惹人笑话一辈子。我不能进城，你赖我爸，这事就不说了。现在复来能考学，你还霸拦着不让去，这事儿还赖我爸吗？好歹他考上了，我们一家子都搬到城里去住，不也给你争口气!

穗子凶着一张脸坐在那里,说,啥都别说了,我活着复来就是不能考学,不信你们试试!他前脚走,我后脚就拿绳勒死自己!

拴妮子面孔红得像鸡冠子,大吼道,你不讲理!

穗子说,我就不讲理了,你能咋着?

拴妮子的脸由红变紫,好像要沁出血来,吼道,怪不得我爸不要你,我要是个男人我也不要你!

穗子愣了一下,抓起一只碗朝闺女扔了过去。复来伸胳膊挡了一下没挡住,碗砸在拴妮子的腿上。小河开吓得哭到没有人声,拴妮子赶紧去哄孩子。一群鸡复又嘎嘎嘎地冲进来。这边小的还没哄好,那边老的拍着一双小脚,也大放悲声,我活活养的混账闺女,我这就死了算了!

拴妮子说,谁还怕了你,这家不能待了!她抱了孩子招呼刘复来,咱们走,先回刘庄再说。复来站起来杵在那里,走也不是,留也不是。拴妮子把孩子硬塞在他手里便要去收拾东西。也就眨眼的工夫,穗子一头撞在堂屋门上了。血流下来,虽然不是很多,头皮估计给撞烂了,人倒地就不动弹了。

穗子在医院住了差不多一个月，人瘦得只剩一把骨头。刘复来考学的事儿没人再敢提起，他爹娘倒是赶着一趟趟过来赔不是。生气的时候，竟然不知道拴妮子咋又怀上了。让人家算算日子，这一胎该是个男孩。穗子听闻此事，一骨碌坐起来，浑身的劲儿顷刻之间又回来了。她也不再躺床上装死赖活了，收拾东西让女婿立马接她回了家。

拴妮子害喜，躺床上不能动弹。穗子也不装病了，抢着洗衣服做饭，对刘复来也是前所未有地示好。她生病的时候，小叔子周启善还专门回来瞧了一回，给她撇家了一些钱。周启善看完嫂子，走之前很严肃地跟外甥女婿谈了一回话。谈话内容不得而知，只是周启善走后，刘复来对待穗子更加恭顺，对拴妮子也渐渐有个自家男人的样子了。岳母娘不计前嫌，舍得拿钱每天好吃好喝地伺候一家老小，鸡鱼肉蛋没断过顿儿。刘复来看看这，想想那，心里的冷似乎开化了。闹了一场事，他却胖了几斤。原先家里的日子与这边比，真个是天壤之别。就是苦情巴力地上个大学，也不就是求个吃饱穿暖？虽然未必是饱暖思淫欲，但人只要饱食终日，心渐渐就会懒了。

阴历九月里拴妮子生了,真的是个儿子。穗子整整煮了两百个红鸡蛋,村里人见者有份。

孩子满月时,已经是冬天,刘复来要回自己家一趟。拴妮子换了新衣裳要和他一起走亲戚。她生了儿子,在刘复来跟前仗势了不少,说话都和往日大不一样。咋啦,还不让孩子去看看他爷爷奶奶!拴妮子和丈母娘这样说话,其实让刘复来很受用。按照道理,你倒插门女婿,本质上就是周家的媳妇儿,孩子应该喊穗子奶奶。但她娘俩从来不计较这些,真是把他当一家子男人相待了。于是,穗子好言相劝,说天冷,孩子太小,你身体还未恢复,等开了春儿,再一起回去不迟。穗子不但帮他拦下了拴妮子,还备了几斤鸡蛋、几盒子点心让他带着。女婿临出门,她竟然又翻出自己新做的细洋布夹袄,要送给亲家母。

刘复来骑着周启明给买的自行车,车子前后挂满了东西。但他没有直接回家,而是先去了一趟县城。县师范学校在城北郊一个破落的院子里,这里原来是个寺庙,后来修整成为党校,县师范学校也放在这里。院子里,树叶子都凋落了,满地的枯黄更是让人心里发冷。他在校门口等了两个时辰,终于等到有学生出来,求人家捎个口信。约莫又等了大半个时辰,出来一个细细瘦瘦的姑娘,看见刘复来也不说话,直接往学校外面的菜园子里走去。地里的萝卜白菜还在等霜,霜打过才好收了过冬。那姑娘在一个没人的地方站下,仍是不说话,也不朝刘复来看,只是拿鞋尖踢那菜畦子。

刘复来把车子停好,走过来搓着手说,我不考了。

那姑娘头也不抬,咕哝了一声,知道。

刘复来又说,就是考上,也离不了婚。

那姑娘仍是俩字,知道。

她衣裳穿得好,碎花布上衣配了古铜色的灯芯绒裤子,围一条白毛绒围巾,皮肤白净,模样算是中等,虽然是有些老相,举止却是看着得体,一派天然静雅。

刘复来等了好大会儿,人家再无一句话。他看看她,看看天。看看天,看看她。后来叹了口气说,那我走吧?

姑娘说,好!

这一声说得爽利,仿佛说慢了他会反悔。两个人都松了口气。到了这一刻,刘复来神情才落实下来。他取下车把上挂着的网兜说,这鸡蛋你留着在学校吃吧。姑娘像被火烫了似的,赶紧去拦他。刘复来没防备,车子倒了，网兜掉地上，鸡蛋碎了一地。他下意识去捞，抓了一手稀糊糊，便索性红着脸把袋子扔了，顺手捋了一把萝卜缨子胡乱抹了抹手。姑娘也不帮他，只是冷冷地瞧着。他愈发手忙脚乱地恼起来，总算扶起车子把东西归拢好了，低头说声，走了。也不看人家一眼。

那姑娘任他一步步走远了。肩背厚实了不少，穿了新衣服，倒更像一个乡下汉子了。她想不出，当初在学校如何为了这个人受了那许多罪？

姑娘是刘复来数学老师的闺女，吃商品粮。刘复来学习好，相貌又好，是女孩主动追的他。老师本来因为他聪明又好学，对他很关照。发现自己闺女跟人谈恋爱，气得把闺女吊在房梁上打。一个农村孩子，家里还是地主成分，这不简直是往火坑里跳？却不料想，越打越热乎。临毕业那年，俩人差一点就私奔了。是刘复来的爹发现不对劲儿，儿子不声不响地领个大闺女回家来，让他娘给蒸馍，说是两个人一起要出去看看。爹看这女孩子衣着打扮也不像是农村的孩子，三问两问，就问出了破绽。原来是老师家的闺女。他偷偷嘱咐老伴看好了，千万不要让俩人住一屋，连夜去了镇上的学校，费了好大劲才找到那姑娘的家。人家爹听到他是刘复来的爹，二话不说，劈面给了老汉一个大耳刮子。你养下的贼小子，才十几岁的毛孩子，就敢拐带人了？我到公社告你们，他这一辈子就别想出来了！刘老汉也是羞愤交加，骂着儿子不学好，赶着给人家赔不是。当爹的又喊了自己俩亲戚，跟着刘复来的爹直奔他家。

那姑娘姓施，叫施红升。她和刘复来好了三年，为他割过腕，喝过杀虫药。她爹每一次打她都是先往嘴里塞条毛巾，怕她喊出来丢人。她倔犟，说，不让我嫁刘复来我就一辈子不嫁人！她爹更犟，一辈子不嫁人，我养你一辈子！

高中毕业又拖了好几年，那姑娘还来过两回。她来一回，刘复来的爹就去找一回老师。他知道这事的危险性，一个地主的儿子，哪有这么大福分？人家老师歪歪嘴，咱可不就吃不了兜着走？后一次，老师真的要去派出所告他们，被刘复来的爹求爷爷告奶奶地拦下了。刘复来的爹娘后来失急忙慌地把儿子的婚事了结了，就是怕他再无端惹事，也好让那家闺女死心。

其实，当时刘复来对这段感情也已经意兴阑珊了，他有自尊心，不能再看着爹娘跟着他受这份屈辱。娶拴妮子也是自愿的，他认命了。高中毕了业，他也仍是个种地的，况且还戴着黑五类子女的帽子。他们之间的距离太遥远，换成谁是施红升的爹，也不会容许闺女嫁到这样一个家庭。若是如此，不但是她，包括她父亲，都有可能受牵连。平心而论，他也不能再害她了。

高考开始时，仍然是施红升先找的刘复来。有个大闺女骑着车子在村口等刘复来，穗子和拴妮子都听说了。拴妮子问是谁。刘复来说，是他庄上的，路过，他爹娘托人家带句口信儿。拴妮子抱怨道，那你也不让人家来家喝口热水！

那一阵子刘复来神色慌乱，吃不下睡不安的。穗子什么都不问，就觉得家里要出大事儿。她内心的紧张一直没有消除，那种紧张和敏感，甚至已经内化为她的性格。她表面上淡定，心中可是失了火一样恐惧。河开才一岁多，她的拴妮子是个没心眼子的东西，这家里的魔咒还要再来一回吗？夜里躺在床上，她大睁着眼，万念俱灰地想象着将要到来的厄运。这一次，穗子头一回求了庆凡，要他留心着，有啥事儿赶紧去找周启明报信。他个天杀的，亲生的闺女他总不能眼睁睁看着被卷进漩涡里。

刘复来走亲戚回来像是变了一个人,变得更加踏实和勤奋。心疼老婆,孝顺岳母,对一双儿女疼爱有加。他把精力都用在教育孩子上,河开没上学就认识了一千多个汉字,算数更是了得。他教女儿珠心算,多大的数都是一口清。儿子周鹏程也是,刚刚学会说话,他就教他背唐诗宋词。听着屋子里的读书声,穗子暗暗得意,有点钱就杀鸡宰鹅,尽拣好的让他们吃。

生完儿子鹏程后不久,拴妮子下地干活时摔伤了腿,从此落下了腿疼病。治腿、养病,折腾了好几年。再后来,计划生育管得正紧,超生款他们掏不起,已经有了一儿一女的拴妮子顺理成章地戴上了避孕环。但是穗子到底是不死心,一直唠叨要他们多生几个儿子。经不住老娘的叨叨,在鹏程十岁那年,拴妮子真的偷偷取掉了环,来年便怀上了,生出来却还是个女儿,就是雁来。生个闺女罚了四千块钱,穗子越发觉得吃亏,卖了自己藏了几十年的金耳环和金簪子,逼着拴妮子再生。拴妮子生老四时,已经四十二岁了,生的仍是个女儿,老太太也只能死了心。拴妮子家的老大和老三,年龄上差了十二岁,俩人同一个属相。老四和大姐则错了十四岁,这在乡下，也不算个稀罕事。四个孩子念书，靠他刘复来一个人种地是供不起的。家里稍有困难，拴妮子抬腿就进了城。城里她爸家生活渐好，好歹年年能帮衬着。穗子看好女婿，知道他这个文化人会给这个家带来什么，因此也格外敬着他。小两口生气，她从来都是向着女婿，有好吃好穿的都是让着爷们。穗子后来还做主，把她娘家的堂侄女说给了刘复来家的老三，亲上作亲，两亲家和睦得不得了。再后来，刘复来家的老四考上了中专，是穗子托了周启善给安排的工作。

拴妮子家的老三周雁来在城里读高中时，施红升是她的数学老师。施红升的女儿和周雁来是同学，俩人玩得打铁一样火热。周雁来到施红升家去玩耍，老师也留她吃饭。雁来回到家，总是施老师长施老师短的。刘复来听着，脸上一点表情都没有，仿佛压根儿就不认识这个施老师似的。

父母不想听施老师的事儿，雁来就跟姥姥穗子说。施老师一个人带着女儿过，她总跟人说她老公死了。可学校里都知道，她老公辞职去省城做生意发达了，就跟她离了婚。施老师老公不是个东西，离婚时跟人说，施红升嫁给他的时候不是大闺女，头回合房没见红。穗子听了，不禁恼怒起来，骂道，小妮子家，咋知道恁多？看你们一个个还敢不敢不学好。闺女家坏了事，后半辈子吃苦也是活该！

雁来说的这些事，刘复来不知道听到了还是没听到。这些年，他亲手供出了大闺女河开和儿子鹏程，现在对这两个小女儿也心无旁骛，一切心思都在她们学习上。二十多年来养儿育女的劳作，让他彻底变成了一个乡下老汉，年轻时白白净净的一个人，老了皮肤都变成了酱紫色。他只能用时间和事实证明，自己是一个忠实的男人，厚道的丈夫和称职的父亲。

也许是因为时差，周河开很久之后才给林树苗回信息。她问林树苗道，哭？哭什么？这就是生活。

林树苗说，我说想哭，不是因为这篇文章。我觉得文章背后的东西更多。

周河开说，如果我理解不错的话，雁来写这篇文章的主要目的，是害怕你写这个家族的时候，会曲解我的姥姥，更怕你忽略我们的父亲。

林树苗发了一长串省略号，然后说，是的，我们差点就会信任了我妈妈的感觉。我觉得我们家族的每个人都是一部小说,这也是我久久不敢动笔的原因。

俩人说话间,胡楠也给林树苗发来私信,说,我也要哭了。

林树苗把和周河开的聊天记录截屏发给她。胡楠发过来三个哭脸。

林树苗把文章编辑之后发到群里,郑重地写道:雁来,我不想拿罗曼·罗兰那句"世界上只有一种真正的英雄主义,那就是认清生活的真相后依然热爱生活"来安慰你,我只想说,这个家族的每一个人,都没辜负这一生!

15

周语同这些年的脾气越来越坏。她心情糟糕透了,真是恨铁不成钢。周家的孩子,简直是一个不如一个!她想起李鸿章晚年的那句话,我就是个裱糊匠。她呢?不也是个周家的裱糊匠吗?往大处说,她想把这个家撑起来,不能辜负那些出生入死的祖辈。往小处说,无论如何,人得往高处走才能被人家看得起嘛。可是，这冠冕堂皇的理由令孩子们不屑。林树苗甚至一针见血地讽刺她说，其实你想什么我们都知道，你不就是想要我们一个个超过周河开吗？成功是无法复制的，人各有命，我劝你死了心吧！其他孩子对她的态度也很微妙，每当她煞有介事痛心疾首地说起这些，他们表情各异，等她说完便四散开去，完全当成了耳旁风。就像攥在手心里的流沙，她攥得越紧，流失得就越快。

母亲朱珠生了四个儿女，四个儿女又生了四个儿女。那乡下的穗子只生了一个女儿，一个女儿却生了四个儿女。而且，穗子那边的孩子，是一个赛一个强……她都不愿想下去了。

周鹏程带着媳妇胡楠来过郑州一次，说是专门回来看看大姨。近几年，周语同与他们的关系也渐渐趋于正常化了。"正常化"，想起这个词儿，她觉得既温暖又伤感，"中美关系正常化""中苏关系正常化""中日关系正常化"……争斗了上百年的国家关系都正常化了，骨肉亲情还不正常化？况且，老人已经死去和正在死去，是到了该放下的时候了。

周鹏程很在意周家，更在意有这么个姨撑门面，这让周语同心里很是受用。

电话里，周语同只随口问了问外甥媳妇的情况，周鹏程便用微信几乎把人家全家的简历发了过来。周语同心里难免咯噔一下。她总是忽略小孩的认知，以为上一辈人的事情他们不明就里。现在看来，过去留下的隔阂到底还是在的。

胡楠的父母都是高知身份，周语同心里有了莫名的好感，她愿意给这个外甥面子，愿意让他将周家的荣光展示给外人。

开始周语同在小区附近订了个饭店，想请他们在外面吃顿客饭。到了跟前，想了想不合适，又换到了新区最高档的西湖春天。她也说不清楚为什么，竟然为这个外甥，觉得有点儿底气不足，唯恐露出什么破绽来，让人家轻看。功成名就后，这是她第一次感到心里没底儿。她给外甥媳妇准备了礼物——几万块钱一颗的天然坦桑石吊坠，她出国时买的。周语同百度了一下胡楠的父亲张天酬，那可是学界的顶级人物。我们周家的孩子做了人家的女婿，学术上是能帮到他的。不能小看这个年轻的外甥，未来的前程也是不可限量。

怎么说也是我们周家的孩子！一时之间，她心里莫名其妙地激动起来。

那天吃饭前，周鹏程打电话提出要喊上表弟周天牧和妹妹周千里。周语同立马就答应了，人多了热闹，有什么不愉快也好遮掩。那时周雁来已由郑州转去了上海，听说是结了婚，至于工作还是读书，周语同没问。若是她在，恐怕会有些尴尬。不过若是周鹏程请求，她也会同意把她喊来。她不反对他把能够喊来的周家人都喊过来。过去她喜欢清静，现在她喜欢热闹，尤其是和周家的后代在一起。

周天牧带来了媳妇李雪。这侄儿媳妇是周语同瞧得上的，前年怀着孩子都能把硕士读下来，可见她多么上进。而且这媳妇漂亮，举止也得体，是这边的亮点。周千里正在河南大学读硕士，竟也带来一个男孩。虽说是乡下孩子，模样倒是周正，言谈举止也知道分寸。这也让周语同高兴。周千里生得娇小玲珑，皮肤白得像一块瓷，身材凹凸有致，这倒不像周家的人。她温柔柔地坐着，话极少，目光里却有一股子疏离感。周语同打量着她，突然被一种年代久远的想象击中。这个孩子，莫不就是当年的那个穗子？

两个男孩喝的是周语同拿来的陈年茅台。她又开了一瓶原装进口的拉图蓝爵，跟几个女孩子喝。孩子们都说她拿的是好酒，估计也不知道价值几何。

在周语同跟前，周鹏程规规矩矩地坐着，礼貌周全，与在周天牧跟前那种张狂判若两人。他这次的表现让胡楠很是满意，她觉得收敛起来的丈夫，与周家的亲戚们相比并不差，甚至有些地方更优秀，毕竟有那么多书铺垫着。

胡楠当初和周鹏程谈对象，原以为他是个地道的乡下土孩子。这周家的历史，还真是令人刮目相看。她和林树苗一样，大学念的是中文，心怀浪漫，周家目不暇接的传奇故事，让她觉得惊喜。她喜欢跟周家的孩子们在一起，尤其是表妹林树苗。林树苗口中经常讽刺挖苦的妈妈，想象里是那么的不近情理，可走近了看，却是如此可以亲近，她觉得真心喜欢她。

孩子们轮番敬酒，周语同很快就有点喝高了。开始的时候，她那强大的气场让孩子们都很拘束。其实她已经是刻意放下身段了，但是她越刻意，孩子们越紧张。有点微醺的时候，竟是真的松弛了下来，脸上的慈祥也有了人间的味道。

胡楠问弟媳为什么不把小侄子带来？李雪笑了说，不敢带，才刚刚会走，抢筷子夺碗，能搅和得一桌子人吃不好饭。等你生了才知道，一顿安生饭都吃不成了。她抱怨着，脸上却甚是得意。

周语同满意周家添了这个重孙子，有事没事也要他们抱到家里玩一会儿。有时候她仔细想想，心里也就放下了。不管周天牧怎么不争气，给周家生这么个孩子也算是干了件人事儿。孩子的出生对母亲朱珠该增添多大安慰！父亲去世后，母亲好几年里都郁郁寡欢，家里这几年连着添了几个重孙子孙女，她像打了鸡血一样精神起来。

不知怎么的，周语同突然叹了口气，感慨地说，你们总是抱怨父母，父母养大你们容易吗？养儿方知父母恩。胡楠啊，你也要抓紧了。

胡楠乘机说，已经怀上了，才三个月。她不显怀，不说大家还看不出来。怀了孕的胡楠反而滋润了，体态也丰满起来。她穿了古铜色暗纹加长宽袍，脚上配宽宽的驼色系带平跟休闲鞋，头发随意地披着，并不似照片里那样刻板。周语同带着欣赏打量她，她的不秀气，反而给人一种高端的时尚感。这样的宽袍过去周语同也喜欢，可这几年架不住了，宽松的衣服年轻时是飘逸，年龄大了就显得臃肿。她常常跟人家店里的小姑娘解释半天，不是你们衣服不好，是我身材不好了。

大家都举杯祝贺胡楠。胡楠小小地抿了一口，说她来之前在网上看了大姨的画，很喜欢。周语同就笑道，等孩子生下来，我画一幅送给你们。周鹏程说，楠楠，你知道咱姨的一幅画值多少钱吗？他是笑着说的，大家也只当玩笑听了。胡楠到底是名门闺秀，极为得体地说，不管大姨的画值多少钱，她给我们的都是无价之宝。周语同不置可否，微微地笑着，她对这个外甥媳妇很是赞许。

　　她转头问侄子，周天牧你准备考研了吗？周天牧假装低着头喝酒没听见，也不回答她。她便大声地问了一句，周天牧，问你呢！周天牧也不看她，小声说，小孩还小，我等等再说。周语同忍不住绷着脸说，你就是个不争气的，小孩小也成了你不努力的借口了，家里还用得着你带孩子吗？本是无话找话，说着说着，竟然认真起来。那认真里有伤感，也有嗔怒。她猛地喝了一口酒，叹口气说，你看看这一帮姐弟，哪个只念到本科？就你条件好，也就你不争气，整天无所事事，我也真是奇怪你了。她这个动作，还有这句话，让气氛又陡然紧张起来。周天牧嬉笑着，不长眼地回嘴道，不是的，我姐她们不也都没读吗！

　　周天牧和林树苗同岁，却还小了几个月，所以他在表姐弟里排老三。周语同的大哥要孩子晚，二哥和她自己的孩子反而是先出生的。前边两个都是女孩。虽然周家不重男轻女，她这个做姑姑的还是格外期待这个侄子更争气点。但是，这个缺乏争胜心的孩子几乎是点到姑姑的死穴了。周语同待要发作，却又收回去了。毕竟有胡楠在，她得给客人面子。她忍着气白了他一眼说，你姐是女孩子，你也是？

说完又觉不对劲,这周河开几个姐妹,哪一个不如男孩呢?说了竟然认真伤起心来。周千里有眼力劲,赶紧拉着男朋友起身给大姨敬酒。大姨浅浅地喝了,她自己则喝了一大口,眯着眼睛陶醉地问,大姨,这是什么酒啊这么好喝?她的脸喝得红红白白的,更像一朵不胜娇羞的白莲花一样美丽。

周语同已经有点晕了,听了这话,转而把杯中酒一口喝完,说,我还有几瓶好酒,什么时候再聚时拿给你们尝尝。说完,心情到底还是被惆怅淹没了,索性一杯接一杯地喝下去。醉了,人心就大了。心里却仍是叹息,比起穗子她们,母亲这一边算是败了。回头又有点怜悯起葬在老家的父亲,这周家也真的是没指望了。可是认真想一想,周家什么时候有过指望呢?话再说回来,再不济还有周拴妮的一窝儿女呢。不管怎么样,在父亲的上周村,周拴妮算是给周家支撑了门面。

一顿饭,让周语同吃得左思右想,五味俱全。

饭吃到半道,周鹏程举着手机说,我姐又生了个男孩,这已经是第三个了,全是男孩。他举着手机给大家看照片。照片上,周河开抱着新生儿,依偎着老公拍了个全家福。三个混血洋娃娃,看起来是那么饱满健康。周河开在国外待久了,留一头披肩长发,大气开朗,神情淡定自若,竟也有点洋人的味道。周河开的英国丈夫看起来微微发福，但体格强健。他笑得很灿烂，露出了一口又整齐又白亮的牙齿。这种少有城府的笑脸，在中国人中越来越少了。

周语同认真地看了一会儿，并没有说话。少顷，她高高地举杯敬大家，说，你们都长大成人了，各自的路各自一定要走好。祝福你们！

周语同没想到一顿饭会吃得这么圆满。真的是，亲戚亲戚，越走越亲。酒后酝酿的那种温情，竟让周语同生出一丝留恋。西湖春天的饭菜的确是一流的，周鹏程吃得满面油光。他指着那道招牌菜东坡肉说，姨，他们怕胖，我这是第五块了，真香啊！他感怀着，我小时候，一个月还吃不上一回肉。刚上大学那几年，吃碗热干面都心疼钱。第一次跟两个同学去看长江，来回走了三四个小时，舍不得两块钱坐公交。他说得周语同眼圈都红了，她觉得，从自己这边一家人看起来，给予了他们已经很多。其实对于一个穷家庭来说，不过是杯水车薪罢了。她突然觉得有点发冷，一种说不出来的情绪让她激灵了一下。世界该是什么样就什么样吧，不能计较太多。她在这个晚上格外慈悲。

告别的时候，周千里没有和哥哥嫂嫂一起回宾馆。她试探着对周语同说，姨，我看您喝得有点多，我和小宋送您回去吧,我们刚好也去认认门。周语同看看她,再看看那个小宋,她的家不习惯让外人进出,但也不好意思拒绝,只得带着他们回了家。到了家门口,两个人站在她身后,丝毫没有要走的意思。这个不大爱说话的孩子似乎有什么话要说,欲言又止的样子。周语同迟疑了一下,只好招呼他们进屋,吩咐保姆重新沏了茶来。她这阵子脾胃有点湿,白牡丹里加了一点陈皮,又去腻又解酒。周千里喝了一口,脸上露出惊羡的神情。她说,小宋,你快尝尝大姨家的茶,好香甜。以前我还以为茶都是苦的呢。小宋喝了一口,也是说好,却不知该怎么赞美,他几乎没怎么接触过茶。他们只是夸赞茶,却不入正题。松懈下来的周语同已经有点累了,她没有体力一直耗着。又坚持了一会儿,她只好主动说道,你们是不是有事儿?有啥话尽管说,不要拘束。周千里看看小宋,小宋只看着杯子里的茶,像是要从杯子里看出一朵莲花来。周千里自然明白指不上他,但还未开口,先自羞红了脸,站起来嗫嚅着说,姨,您能不能帮帮我?我和小宋准备结婚。开封这几年的房价还不贵,我们算了算账,买房还贷款比租房合适。我们想借钱付个首付,贷款慢慢还。说完她就站在那里,定定地看着她这个还很陌生的大姨,目光里竟是不容置疑。

周语同有点意外，头回见面就开了这么大的口，可见这个孩子的胆量。开封的房价是比郑州低一些，可再小的户型，首付不也得二三十万？对于两个刚刚工作的人来说，他们还贷款怕都吃力。她有点恼怒，一时之间完全不知道该如何回答。她迟疑了一下说，我刚买了一间工作室，款还没付完。再说，这钱的事我是得和你姨父商量的。你们也别寄太大希望，回去还是要再想想其他办法。

笑容在周千里脸上一点点淡去。她坚持着把手里的半杯茶喝下去，两人轻声道了谢，慢慢走了出去。周语同关了门，站在玄关处半天没动。如果这事儿她吃饭前提出来，她肯定一口拒绝了。但是刚才周鹏程吃饭时说的那番话，还堵在她胸口没消化。

不过她又想，这周千里虽然看起来是个腼腆的孩子，但心里有数，是个真正的狠主儿。对这种性格，她是又爱又恨。爱的是他们老周家的血脉，那种勇猛精进的性格还没绝迹；恨的是，为什么是周拴妮的孩子，而不是自己的亲侄子侄女提出来的呢？如果他们有这种劲头，花多少钱她都在所不惜！

她洗漱完关灯躺在床上，翻来覆去不来睡意，于是重新开了灯，认真给周千里发了条信息，让她把银行卡号发过来。她决定明天先打十万块钱过去,既然给了,就不想这钱还上还不上,她本也不打算让他们还。

16

那年春节,我和林树苗带着孩子去深圳看望姥姥。我母亲已经八十多岁了,这些年一直随小妹一家住在深圳。小妹和小妹夫都是律师,收入颇丰。他们刚来深圳的时候,房价正低迷,两百万在莲花山附近买了个两层的复式楼,顶层还送了个花园。这该是深圳最舒适的小区了,它的前边是阔大的市民广场,背后是著名的莲花山。我们母女几人坐在二十九层的楼顶喝茶,远近的风光一览无余。母亲生活在这样的环境里让我心安,虽然老人家更在意的是亲情和陪伴。在这方面,我自愧弗如。妹妹孝顺,凡事都顺着母亲。我的控制欲太强,总是想干预她,穿衣吃饭都需要依照我的心思。所以母亲不愿意跟着我,我也理解她的心情。每次去我会给母亲买一些大牌子的衣服,前一年买的,再来时仍挂在柜子里没拆吊牌。她更习惯穿她自己缝制的棉布衣裤。她的这个习惯是我最不能容忍的，一个十几岁参加革命的老干部，活了一辈子，骨子里还是个乡下人，心劲儿还不如一个乡下女人。我忍不住责怪道，住在高端小区，穿成这样子，知道的说你喜欢，不知道的还以为我们这些儿女不孝。

母亲一脸安然地看着小妹说，我闺女每天出门进门都牵着我的手，寸步不离，还能怎么孝顺？

唉，不仅仅是父亲，在母亲心目中，我和他们的另一个女儿还是如此不一样。虽然母亲并没有责备我的意思，但我心中还是挺不是滋味的。

母亲只有和小妹在一起才是安心的。她一辈子不会煽情，对小女儿却是例外。她爱看电视剧，看到母女情深的戏份总是感慨，我那时亏得生了这个小女儿，要不然半条命都没有了。若不是妹妹当笑话说给我，我真不敢相信这话是从我一辈子作风硬朗，生活态度极端严肃的母亲嘴里说出来的。父亲不在的时候，我遗憾自己未能尽孝心，发愿在母亲这里再不能留遗憾。可是一年又一年，我总是忙碌着，开始还能请假去陪她几天，越往后事务越缠身，很难挤出时间来。有时强迫着把她接来我这里住一段，她还未住稳，我却随时又要出差。即使在家，也基本上每顿饭都在外面应酬。我把她扔给保姆，觉得好饭好菜有人管就心安了。母亲从不抱怨什么，但她心里一定是不快乐的。即使有保姆，母亲仍改不了下厨房帮忙。那天我打电话说回家吃饭，她慌着要做一个咸鱼茄子煲，这是我从小到大最喜欢吃的菜。她切咸鱼的时候刀滑了一下，食指顿时血流如注，她捂住手瘫在地上，因为紧张竟然晕了过去。小保姆吓得失声尖叫，拍了好一会儿才清醒过来。出了这么大的事儿，她却再三告诫小保姆不要告诉我。小保姆说为什么？她说你阿姨太忙，没时间管我，等我回深圳再检查。那次在我的再三逼迫下，她坚持住够了半个月。我把她送到飞机上，联系好妹妹在那边接她。过了很久我翻看妹妹的博客，妹妹写道：母女情深——接到妈妈的那一刻，她就紧紧拉住了我的手，直到坐在回家的车子上，直到车子开到家，她始终没有松开。进了屋，妈妈长长地出了一口气，说，可是到家了！看完，我的眼泪立刻流了出来，心里不知道是恼怒还是伤心，莫非我不是她的女儿？我的家不是她的家吗？看着妹妹和母亲的亲昵，我突然悔悟，为什么我总是从我的角度想问题？如果从她的角度去看呢？我给母亲的只是可以容身的一间房子，而不是一个儿女情长的家。既然我给不了，就应该放手交给我妹妹,不能连孝顺也强迫着让她接受。

十六岁离开家,我就觉得自己解脱了,而且一直在朝外的这条道上狂奔。我不停地抱怨他们,他们的确不能算是好父母。可是,我算是一个好女儿吗?一生净顾着闯世界了,到老了才发现,世界大得没有边际。像那时我对着拴妮子怒斥,说她只是索取,从来不懂得对父亲回报。我自己呢?我成名了,我挣钱了,我给他们买了很多无用的东西,每次见了都给一把钱。他们需要的是这些吗?我强迫他们接受我的孝顺,强迫他们承认我对这个家的贡献。他们应承着我,顺从着我。他们收了钱,我走后父亲便去银行把钱存起来,过一段时间见了林树苗就又把钱转给她。这中间的种种,不深思也就罢了,细想起来,确实让人羞愧不已。

我们三代人难得聚在一起,我此时既幸福又伤感,没有什么比一家人守在一起更重要的。我那一刻诚心地悔悟,尽管我明天还是会一如既往地离开。我想起了拴妮子,她母亲穗子一生都不让她认字,她要拴住她。她是将她拴在了身边一辈子,拴妮子却为此恨了她一辈子。后来我听周雁来说起旧事,她妈老是和姥姥吵架,说你那时要是让我上学,保不准外国我都去了。拴妮子夫妇养了四个孩子,几乎是拼着命供孩子读书。可现在呢?四个孩子都走出去了,她因为劳作落下满身的病痛,却只能和丈夫留守在乡下,相依为命。的确,她的孩子都很孝顺,他们给她钱,满足他们的物质需求。但她的儿女哪一个会把父母带在身边,哪个能跟他们一起生活呢?

我突然很心疼拴妮子。人生其实很绝望。

母亲在绣一双老虎头鞋子,她用三根针穿三种颜色的线,只一会儿的工夫,那虎娃的眼睛就水汪汪地亮了。她这几年开始练习刺绣。我怕她累着,极力阻止她做这些无用的东西。妹妹摆了摆手说,你别管,得让她有事干,这样才能提劲活着。妹妹说着从屋子里搬出母亲的杂物筐,把母亲做的鞋子和包包摆了一片。我第一次发现,那些活计美得让人惊讶。还有母亲信手画的一沓子花样,花是花叶是叶,线条流畅,枝叶丰满。花枝上的蝴蝶,个个翅膀都是舞动着的。我突然有点感动,母亲这才是艺术啊!我和周小语的艺术基因,难道不是源自于她?

我的母亲把她的一生都给了丈夫和孩子,她一生都劳作不辍,完全停不下来。若是换一种活的方式,谁说她不能成全自己成为我这样的艺术家呢?我妹妹说得对,其实无论做点什么事情,但凡上心,信念就存在了,无所事事只会令人虚空。母亲的精气神是靠信念支撑着,她此刻绣花做手工亦是她的信念。周小语身上缺少的正是她身上的这股子劲儿。

恍然间,似乎有些事情是明白的。长此以往,支撑这个家的并不是父亲,而是这个被我们忽略的,一生对我父亲、对孩子们千依百顺的母亲。

妹妹的儿子铮铮也回来度假,他在澳大利亚麦考瑞大学刚刚读完会计学硕士,正准备考博——我觉得,他是母亲这边唯有的一点安慰了。

林树苗这次把儿子带来,也是想要他和铮铮舅舅处一段时间,锻炼锻炼英文的口语和交流能力。小家伙才上一年级,已经掌握一两千个英语单词了。见了面林树苗就交代表弟,这段时间你们俩不允许用汉语交流,所有的事情都说英语。

孩子们闹了一会儿,被妹妹赶着出去逛书城了,剩下我们娘儿几个坐着喝茶,有一搭没一搭地说着闲话。林树苗一直在低头玩手机,她突然说了一句,真的想不到,周河开带着三个孩子,竟然还会成为理特管理顾问的高级雇员,太厉害啦!看她整天拉着箱子满世界飞,真让人羡慕!

姥姥说,理特公司是干吗的?

林树苗说,说了你也不懂,是一家咨询管理公司,排全世界前几位呢!

嗯,河开一直都挺有主见,也是真的很能干。你们都应该向她学习才对。我说。

又来了!林树苗朝我吐了一下舌头。

羡慕人家干吗?我一辈子都不喜欢管闲事的母亲突然说话了,一个人有一个人的活法。她干到联合国,不还是个打工的?她哪有苗苗享福呢?

我心头的火儿一下冒起来了,我说,妈,我们老周家的后代之所以没出息,就是跟你们这种教育理念有关。不管什么事儿,总是比上不足比下有余就心安理得。我指了一下林树苗说,她除了天天混吃等喝,就是翻翻手机,发发朋友圈,享这样的福有什么意义?

母亲看看我,说,她不是把两个孩子养大了吗?再大的业绩都不如养几个孩子好。我和你爸要是不养你们,干一辈子工作,一句都写不到墓牌上。

我刚要再说什么,林树苗这边不愿意了,她抢白我道,你张口老周家闭口老周家,老周家跟你什么关系呢?再一个说了,是我姓周还是铮铮姓周?你在我姥姥面前装什么姑奶奶?对于你的老周家,你又了解多少呢?

我是觉得自己的话有点过分,但女儿的话我同样接受不了。我指了一下林树苗不耐烦地说，看你说话还有一点规矩没有？然后又抱怨我母亲，看看你们，把这些孩子一个个都惯成什么样子了？

罢了吧！我母亲正色道，我觉得孩子说的是对的，老周家跟你什么关系呢？你过你的日子，他过他的生活。况且，你觉得你们的祖祖辈辈折腾得还不够是吧？日子是一天天安安生生过的，不是让折腾的。你太爷爷、爷爷、你爸，都苦拼了一辈子，死了是留下了什么还是带走了什么？就说你爸吧，这才走了短短的几年，上个月十号是他忌日，除了我给他烧烧纸，念叨念叨，你们谁还记得这事呢？

我和妹妹互相看了一眼。林树苗又低头玩儿手机了，网络是她的命。这一代人跟我们不是一个人种，她可以迅速抽身到另外一个世界里。

母亲叹了口气，继续说道，你啊，你的眼睛不能只盯着别人，也看看自己！你心气这么强，整天拼死拼活的，又是头疼又是失眠的，落一身病，也不见得比人家过得好到哪去，还总是操着别人的心。

天！我自以为是的成功，父母他们认可吗？这不正是我想追问父亲的问题吗？我父亲自然是不准备回答我了，母亲却不期然给了我一个答案。

我满脸惊愕地看着这个叫朱珠的老太太,好久都没有认真打量她了。八十多岁的人了,头发还是黑黝黝的,身板挺直,面容光洁。她一辈子似乎都与世无争,但是,谁又曾赢过她呢?我呆呆地盯着她看,她一如既往云淡风轻的样子。一瞬间,几十年的日月像黑白电影那样在我心中回放。我想到了父亲背后的另一个女人,穗子,那个也曾经青葱一样,后来却衰败不堪的老女人。我突然明白了,母亲一辈子所谓的贤良大度,与世无争,其实是以不变应万变,以不争赢万般。若她似我一般激烈,当年与穗子和拴妮子拼个你死我活,岂不是两败俱伤自降身价?还有,我们这个家还能被护佑得如此完整吗?

陡然间,我自惭形秽,第一次崇敬地打量着这个生我养我的老妇人。她是那个活在我记忆里,被我责备软弱无能的母亲吗?可她不正是以这样的姿态,不动声色一点一滴把日子过得扎实绵密吗?她的胸怀到底有多大才能容下其中的沟沟壑壑?这几十年来,她真的就是心怀慈悲,静水深流吗?若是如此,那她真的是什么都懂,什么都明白。她用她的智慧固守一个男人,通过一个男人固守一个家,通过一个家固守整个世界。而我却浅薄地以为她是被蒙蔽,被欺骗,被伤害的那个人。殊不知,她正是用她的隐忍,用她的智慧，不战而胜。

所有的一切，都在一瞬间拨云见日。

然而，仅靠我母亲一力支撑，我心心念念的周家会有今日的辉煌吗？如果没有穗子，没有她的抗争，事情也不会是今天这个样子。说到底，我母亲和穗子不过是一体两面的同一个人。她们的争与不争，就像白天和黑夜的轮回，就像负阴抱阳的万物，孤阴不生，独阳不长，不过是两者的姿态和位置不同而已。

而我和拴妮子，不也是一样吗？我虚张声势的强大，她无所畏惧的坚韧。她不屈不挠地跋涉，我无可奈何地退让。一个父亲衍生出的两个家庭，高低贵贱，谁胜谁负，最终的成败又有多少意义呢？

那一瞬间，我觉得母亲和穗子年轻时的故事，更像是一个传说了。

她们也曾经年轻过吗？

穗子生来就是那个老旧如陶的女人。

朱珠生来就是我们经年不变的母亲。

恍惚记得有那么一次，那时候我刚上小学，暑假她送我和两个哥哥去姥姥家。下了小火车，还要走几公里的土路。走到村庄前的小河边，她说走累了，要下去洗洗脸。洗完脸，她索性把鞋和袜子脱下来,把脚放进河水里。沉静了好大一会儿,她突然嘿嘿嘿地朝我们笑起来。她说,脚好痒痒。我小时候,就喜欢跟着你姥爷出来网鱼。那时候,鱼可真多啊!

那一刻,她的笑是那么年轻。